インサイド・フェイス
行動心理捜査官・楯岡絵麻

佐藤青南

宝島社

目次

インサイド・フェイス　行動心理捜査官・楯岡絵麻

第一話

目は口よりもモノをいう

1

「だがあんた、五年前にも年上の旦那を亡くしてるらしいな。死因は溺死。雨の日に海釣りに出かけて、高波に飲まれたとか……その結果、あんたは三千万の保険金を手にすることになった」

筒井《つつい》道大《みちひろ》は捜査資料を読み上げながら、にやりと唇を吊《つ》り上げた。目の前に座った女が、なにかいおうと口を開きかけたものの、諦めたように視線を落とす。

女の名前は中越晴美《なかごしはるみ》。三十歳の専業主婦で、殺人事件の重要参考人だ。艶やかな黒髪を胸のあたりまで垂らした、お嬢さま然とした雰囲気の女だった。とても殺人を犯すようには見えない。だが人は見かけによらぬものだ。筒井はこれまでの十八年に及ぶ刑事生活の中で、虫も殺せないような顔をした殺人犯を山ほど見てきた。

取調室に静寂が降りる。

筒井は一重まぶたを細めた鋭い眼差《まなざ》しを保ったまま、重要参考人が口を開くのを辛抱強く待った。

やがて、うつむいていた晴美の白い頬が不自然に痙攣《けいれん》し始める。細い肩が震え、長いまつ毛に縁どられたまぶたから涙が溢《あふ》れた。

筒井は内心、動揺した。これだから女の取り調べは嫌なんだ。女の、とりわけ美女の涙は昔から苦手だった。威勢よく突っかかってくるのは歓迎だ。必死にだんまりを貫こうとする態度にも、闘志をかき立てられる。だが泣き出すのだけは勘弁して欲しい。どう対応したものかと戸惑うしかなく、そんな無様な自分に腹が立つ。

ジャケットの内ポケットを探り、ハンカチを取り出そうとした。だがそれは、先ほどトイレで洗った手を拭《ぬぐ》ったものだ。まだ少し湿っている。そんなものを女性に差し出すわけにはいかない。

「おい、綿貫《わたぬき》」

背後に声をかける。壁際のノートパソコンに向かっていた長身の男が振り向いた。立ち会いの記録係を務める、後輩巡査長の綿貫だ。

「おまえ、ハンカチ持ってるか」

「いやあ。自分、そういうの持ち歩かない主義なんで」

すんません、と卑屈に顔を歪《ゆが》めながら、短髪を撫《な》で回している。

ハンカチを持ち歩かない主義とは、どういう主義だ。そもそも、それならさっきトイレに行ったとき、どうやって洗った手を拭いたのか。疑問に思ったが、いまはそんなことを考えている場合ではなかった。

「ポケットティッシュならありますよ。駅前で配ってたやつ」

「それでいい。よこせ」

催促すると、「あ」と間の抜けた声がした。

「刑事部屋に忘れてきちゃいました」

「なんだよ。使えないやつだな」

「すいません。取ってきましょうか」

「いいんです……」

腰を浮かせる綿貫を、晴美が手を上げて制した。少しは落ち着いてきたか。人差し指で目頭を拭いながら、顔を上げる。

「ごめんなさい。前の主人のことを思い出してしまって……」

気丈に振る舞う様子に追及の意志が萎《な》えそうになるが、筒井は自らを奮い立たせた。

「あんたの二人の旦那は、立て続けに変死している」

「ええ。そうです」

「たんなる偶然にしては、あまりに不自然じゃないか」

「そう……思われてもしかたがありません。いくら私が二人の夫を心から愛していたといっても、たぶん信じてもらえないでしょうし」

信じられるはずがない。亡くなった二人ともに、多額の保険金がかけられていたのだ。

筒井は皮肉っぽくいう。

「信じてもらえないかもしれないが、あんたは二人の夫を愛していたってか」

晴美が真《ま》っ直《す》ぐに見つめ返してきた。その真摯《しんし》な眼差しこそが、愛情の証明だといわんばかりに。

「あんたはこれまで二回、結婚している。二回とも相手の男とは親子ほど年が離れていて、二回とも結婚直後に多額の保険がかけられている。そして二回とも旦那は変死して、あんたのもとには保険金が転がり込んだ……これが偶然だと？」

「なにをいっても、変なふうに受け取るんでしょう」

「あんたの言葉を曲解しようっていうんじゃない。おれが知りたいのは、真実だ」

「ずっと真実をお話しししているつもりですが」

晴美の瞳に抗議の力が宿り、筒井は気圧《けお》されたように身を引いた。

二週間前、杉並《すぎなみ》区高井戸東《たかいどひがし》にある一戸建て住宅で火災が発生し、全焼の焼け跡から男性の遺体が発見された。遺体の身元は現場家屋に居住する中越弘嗣《ひろつぐ》と見られた。工務店を経営する六十二歳の男だ。

警察は失火と放火の両面で捜査を開始した。だが司法解剖の結果、遺体の胸には心臓にまで達する刺し傷が認められた。鋭利な刃物で刺されたらしい。さらに、肺には煙を吸い込んだ形跡が見られなかった。中越弘嗣は出火前にはすでに絶命していたのだ。これにより警察は放火殺人と断定、下高井戸署に捜査本部が設置されることとなった。

捜査本部は当初、被害者の妻・晴美の証言を重視した。晴美は事件当時、友人たちと温泉旅行に出かけていて難を逃れていた。

晴美によると、このところ自宅付近で不審な人影を見かけることが多く、ときおり無言電話がかかってくることもあったという。そのため、被害者とトラブルを抱えていた人物がいないかを探るために、多くの捜査員が投入された。

ところが、探れども探れどもそのような事実は見当たらない。逆に被害者の親族らからは、若い嫁への疑念の声が持ち上がった。いっさい家事を行わず、贅沢《ぜいたく》を好む晴美との結婚には、かねてから親族一同の反対があったらしい。そのせいで被害者と、ほとんどの親族は疎遠になっていた。

さらに晴美への疑いを決定的にする事実が判明する。晴美は五年前まで、これまた親子ほど年齢の離れた男と結婚していた。その男が事故死したことで、多額の保険金を手にしていたのだ。当時熊本《くまもと》に住んでいた晴美は、保険金を手にしてほどなく、東京に移り住んだことになる。

引き続き捜査を進めるうちに、疑惑を深める事実が次々と浮かび上がった。

今回の被害者にかけられた保険金が、一億円にものぼること。被害者の経営する工務店の業績がおもわしくなく、このところ赤字に転落していたこと。晴美と結婚してからの二年あまりで、被害者の貯蓄がほとんど底をついていたこと。にもかかわらず、晴美は贅沢な生活をやめる気配がなかったこと。それどころか、晴美の実弟である安《あ》達遼平《だちりょうへい》なる男までもが、たびたび被害者へ金の無心に訪れていたこと。おそらくは安達であろう男と口論しているらしい被害者の声を、近隣住民が頻繁に耳にしていること。このところの被害者がみるみる憔悴《しょうすい》し、社員から心配されていたこと。うつ病を疑った社員が、被害者にやんわりと診療内科の受診を勧めたこともあったという。

そして被害者が殺害されたと思《おぼ》しき夜、安達のものらしき乗用車が被害者宅前に停車していた、という近隣の学習塾に通う中学生の証言が挙がったことにより、警察は中越晴美、安達遼平、両名の任意同行を決定した。放火殺人の実行犯が安達、そして保険金を受け取る晴美が首謀者であろうと考えたのだ。

「あんたの弟についてはどう説明するつもりだ。あんた自身の贅沢については、旦那の甲斐性《かいしょう》次第ってことになるのかもしれん。だが、あんたの弟の安達遼平までもが、たびたび被害者に金をせびっていたらしいな。これでも金は関係ないっていうのか。あんたは……いや、あんたら姉弟は、最初から金目当てで被害者に近づいたんじゃないのか。被害者の銀行口座が空になるまでしゃぶり倒して、用なしになったら今度は保険金目当てに殺害した。そう思われてもしかたがな……」

筒井の舌鋒《ぜっぽう》が緩んだのは、晴美の瞳が潤んでいくのに気づいたからだった。少しでも刺激するとふたたび涙が溢れ出してしまいそうな気がして、身じろぎ一つできなくなる。

晴美は瞳を潤ませ、しかし下まぶたに溜《た》まった水分を溢れさせることのない絶妙なバランスを保ったまま、話し始めた。

「刑事さん、ごきょうだいはいらっしゃいますか」

姉が一人。声を出そうとしたが、貼りついた上下の唇同士が上手《うま》く剝《は》がれない。結局は、小さく顎を引いただけだった。

「私にとって、弟の遼平は唯一の肉親です。弟が生まれてすぐに両親が離婚し、私と弟を引き取った母は、私が二十歳になる前にがんで亡くなりました。それ以来、私は弟にたいして、どこか母親のような接し方をするようになったと思います。両親の愛情に飢えた弟を不憫《ふびん》に思う気持ちから、甘やかしてきたことも否定はしません。ですから、弟がいつまでも定職に就かないでふらふらしていることにたいする責任は、私にもあるのでしょう。弟には注意したし、じっくりと話をしようともしました。いっそのこと、縁を切ってしまおう……何度そう思ったかわかりません。だけど、切れなかった。やっぱり私の弟だから……血を分けた唯一の肉親だから……」

はらはらしながら見守っていたが、結局、晴美は泣き出してしまった。

筒井はデスクの上で両手を重ねた。下にしたほうの手を、ぎゅっと握り締める。これではいつまでかかるかわからない。左の上まぶたが、電流を流されたように小刻みに痙攣している。苛立《いらだ》っているときの、いつもの癖だった。

落ち着け、落ち着け。自分にいい聞かせながら、ゆっくりと息を吸い、吐いた。

だが心を鎮めて集中しようとするほどに、意識は壁越しの声に奪われ、気が散った。部屋同士を仕切る壁が薄いために、隣の声が聞こえるのだ。

隣室では、安達遼平の取り調べが行われているはずだった。だがさっきから壁越しに漏れ聞こえてくるぼんやりとした男女の声は、そうとは思えないほど弾んでいた。合コンでも行われているのではないかと、錯覚しそうなほどだ。

声の主はわかっている。

男のほうは重要参考人の安達遼平。

そして女のほうは楯岡絵麻《たておかえま》——通称『エンマ様』。

捜査一課での同僚で、筒井にとっては怨敵《おんてき》ともいえる存在だ。

畜生っ……楯岡のやつめ——。

壁を睨《にら》みつけながら、筒井はいつの間にか激しく貧乏ゆすりをしていた。

2

「ええっ。なにそれ、そんなわけないじゃない。ありえなーい」

「そんなことないってば。おれ、どっちかといえば草食系だし」

「うっそー。でもでも、女の子と付き合ったことが一度もないっていうわけでもないでしょう?」

「それは、まあ……おれだってもう大人だからね。下の毛もそれなりに、というかけっこうしっかり生えてるし」

「なにそれめっちゃ下ネタじゃん。ドン引きなんですけどぉー。どこが草食系よ」

「ごめんごめん。つい調子に乗っちゃった。だってお姉さん、すげーノリがいいんだもん。いっとくけど、いつもこうってわけじゃないんだよ」

「ホントにぃ？」

「ホントもホント。大マジだよ。なんせミドルネームに大マジって入ってるからね。安達・大マジ・遼平」

「きゃははは。サムーい。なにいってんの」

なんなんだ。なんなんだ。

いつもながらなんなんだこのキャバクラトークは——!!

西野《にしの》圭介《けいすけ》は背後で繰り広げられる会話をノートパソコンに打ち込みながら、怒りに打ち震えていた。きっと自分の周囲だけ気温が高くなっているに違いない。顔は熱く、鼻息は荒くなり、血圧が急上昇しているのがわかる。

「おれたちって相性ぴったりな気がするんだよね。たぶん、これって運命の出会いじゃないかな。赤い糸で繋《つな》がってんの」

「またまた。誰にでもそんなこといってるんでしょ」

「そんなことないって。ほら、これ見てよ」

「どうしたの。小指なんか立てちゃって」

ああ嫌だ。

「見えない？　ここから伸びた赤い糸が、お姉さんの小指に繋がってるの」

「馬鹿じゃないの。そんなわけないじゃない。ぜんぜん見えないし、なにも感じないよ」

ああもう嫌だ。

「あれ。おかしいなあ……ちょっと試しに引っ張ってみるよ……えいっ」

「うわっ。本当だ！　なんか小指が引っ張られる感じがした！」

もうもう、本当に本当に嫌だ嫌だ嫌だ嫌だ！

なんだこのノリはっ！

心の叫びとは裏腹に、十本の指はそれ自体が別の生き物のようにキーボード上を這《は》い回る。

「お茶」

あーうるさいうるさい。

「にーしーの。お茶。お代わり」

うるさいうるさいうるさいっ。

がつんと衝撃が走って、パイプ椅子が揺れた。

振り返ると、取調官の楯岡絵麻が椅子の上で身体をひねり、半身になってこちらを向いている。すらりと伸びた脚の爪先の向きから考えると、楯岡にパイプ椅子の脚を蹴《け》られたらしい。

「聞いてんのあんた。お茶っていってるでしょ」

湯呑《ゆの》みの底でデスクをとんとんと叩《たた》きながら、氷点下の眼差しを向けてくる。重要参考人にたいする態度とのあまりの温度差に、頭の中で血管がぶちぶちと切れる音を聞いた気がした。

それにしても。

なにげないしぐさが本当に絵になる。じゅうぶんに見慣れているつもりでも、ふとした瞬間に見とれてしまい、はっとなることがしばしばだ。

ゆるやかにウェーブした栗色《くりいろ》の髪。完璧なバランスを保った目鼻立ちときめの細かい白肌。量販店の二着目千円セールでゲットしたスーツですらも、高級ブランド品に見せてしまうであろうスタイルの良さ。

ここ何年も頑《かたく》なに貫く二十八歳という自称年齢は、少なくとも容姿にかんしてはまったく無理がない。そろそろ「美魔女《びまじょ》」という称号を授与されてもいい年齢のはずだが、本物の魔女というのは、魔女であることすら悟らせない魔性を秘めているものなのだとしみじみ思う。

だが中身はというと、魔女を通り越して悪魔だ。浮世離れした美しい容姿に、常人離れした性格の悪さ。一つの肉体の中でバランスをとったという意味では、神は平等といえるのかもしれない。

「なによ。その目つきは」

西野の仏頂面に呼応するように、楯岡が眉間に皺《しわ》を刻んだ。しばし睨み合う。

お茶ぐらい、自分で淹《い》れろよな――。

喉もとまでこみ上げた言葉をぐっと飲み込み、立ち上がった。相手を接待し、つけ上がらせるような取り調べにはいまだに納得いかないが、楯岡が被疑者の自供率一〇〇%という、驚異的な結果を叩き出し続けているのは紛れもない事実だ。

どんな難敵でも立て続けに自供に導く捜査一課の取り調べにおける最終兵器『エンマ様』の噂《うわさ》は、いまや刑事部長を通り越して、警視総監にまで届いているという。西野自身もほぼすべての取り調べに記録係として立ち会い、その鮮やかな手腕をつぶさに見てきた。けっして噂が先行しているわけではない。

だがやはり、納得いかないものは納得いかない。

デスクに歩み寄りながら、西野は八つ当たり気味の視線を、楯岡を通り越して安達遼平に投げかけた。むっとした安達が、薄い眉を歪めて睨み返してくる。身長は西野とほぼ同じ、一八五センチほど。ひょろりとして身体の厚みはないが、しっかりとした肩幅からは喧嘩《けんか》慣れした雰囲気が漂っている。繁華街を肩で風を切って闊歩《かっぽ》するチンピラといった風体だ。

安達と睨み合ったまま、楯岡の湯呑みを回収した。そのまま扉の横の給湯セットに向かおうとすると、呼び止められた。

「遼ちゃんのぶんもお願い」

楯岡が安達の湯呑みを差し出してくる。

「りょ……」

急激に頭に血がのぼったせいで、鼻血が噴き出しそうになった。視界の端で、安達が勝ち誇ったように笑っている。

引ったくるように湯呑みを受け取ると、まだ半分ほど茶が残っていた。

「まだ残ってるんですけど」

「もう冷めちゃって美味《おい》しくないでしょう。新しいのに替えてあげて」

「飲まないなら、いらないいんじゃないですか」

ふてくされながら答えると、安達が口を挟んできた。

「飲むよ」

挑発するような上目遣いと馬鹿にしたような口調がむかついて、西野は声を低くした。

「いらねえだろ。飲んでねえんだから」

「いるよ。これから飲むんだ」

「おまえ、自分の立場をわかって――」

安達のほうに踏み出そうとすると、目の前にピースサインが掲げられる。

「そういうこと。二つ、お願いね」

そのまま蠅《はえ》を追い払うように手を振られた。

西野はしぶしぶ給湯セットに向かった。急須に茶葉を入れ、湯を注ぐ。

背後から楯岡の声がした。西野にたいする問答無用の調子とは打って変わり、どこかおもねるような艶をはらんでいる。

「愛想のない後輩でごめんなさい。警察なんていう閉鎖的な組織の中にいると、どうしてもサービスという意識が薄くなってしまうのよ……」

「いや、別に。いいんだ。デカなんてあんなもんでしょ。お姉さんみたいな人のほうがレアだよ」

「だけど、あいつもね――」

弁護してくれるのかと思ったが、続く言葉にずっこけた。

「あいつの淹れるお茶だけは美味しいのよね」

「まあな……そこだけは、認めるよ。美味《うま》かった」

「そうでしょう」

ほがらかな笑いが起こって、むっとした。人をなんだと思ってるんだ。

だが。

コンビを組んでもう何年も経《た》つが、楯岡からこれほど手放しで絶賛されたことはなかった。これまでとくに美味しい茶を淹れようなどと、こだわってきたつもりはない。だが幾度となく繰り返したおかげで、いつの間にか職人の手練を身に付けているのも事実だった。

自分の淹れた茶は、本当にそれほど美味いのか。

電気ポットのそばに伏せられていた湯呑みを一つ手にとり、急須から茶を注ぐ。そして一口啜《すす》ってみた。口の中に広がった芳醇《ほうじゅん》な味わいが、爽やかな風となって鼻から抜ける。

たしかに美味い。

だが感動と同時に、複雑な葛藤《かっとう》が押し寄せた。

おれはこんなことのために、刑事になったんじゃない！

こんなことのために……――。

もう一度湯呑みに口をつける。渋みの中にほのかな甘みすら感じられた。絶妙な温度、絶妙な濃さ。あまりの美味さに、全身が脱力する。

西野は目を閉じ、しばし場違いな恍惚《こうこつ》に耽《ふけ》った。

3

「熱っ」

筒井は湯呑みを置くと、指先で上唇に触れた。唇の先がひりついている。少し火傷《やけど》したらしい。

おれは猫舌だって、何度いったらわかるんだ。

苛立ち紛れに茶を淹れた綿貫をどやしつけようかと思ったが、あまりに大人げないと思い直した。正面に向き直り、神妙な顔で晴美の話に耳を傾ける。相変わらず隣の部屋からはもこもこと輪郭の曖昧な、しかしやたらに調子のいいことだけは明確な合コントークが漏れていた。いったん意識すると気になってしかたがないが、ここは無視するほかない。

「私が郷里の熊本から上京したのは、三年ほど前のことでした。熊本にいるとどうしても亡くなった主人のことを思い出してしまうので、思い切って環境を大きく変えてみようと……」

「なるほどな。だが、どうして東京だったんだ。なにか理由はあるのか？　たとえば、親戚や友人が住んでいるとか、そういう——」

話の途中から、晴美はかぶりを振っていた。

「むしろ逆です。とにかく私を知っている人のいないところに行きたかった……そうすれば、別の人間として、一から人生をやり直せるような気がしたんです。だけど、ありえませんよね。別の人間だなんて、そんな虫の良い話」

伏し目がちになり、薄い息を吐き出す。

「東京に来たのは、弟と一緒だったのか」

「いえ。遼平が上京してきたのは、私より一年ほど後のことです」

およそ二年前。被害者の中越弘嗣と晴美が結婚する前後のことだ。金の匂いを嗅ぎつけた弟が飛んできたのか。それともカモを見つけたと、姉のほうが呼び寄せたのか。

「安達の現住所は新中野《しんなかの》のアパートだな。被害者の住まい——あんたの住まいでもあるわけだが、そこからは徒歩圏内だ。最初から、そんな近所に弟を住まわせたのか」

「そうですが、それは私や遼平というより、主人の計らいによるものでした。世界にたった一人の弟なのだから、大切にしたほうがいいといってくれて、週末には、近所の不動産屋さんを一緒に回ってくれたりもしました……本当に、本当にやさしい人だったんです」

声が潤み始めてやばいと思ったが、案の定、晴美は嗚咽《おえつ》し始めた。

筒井は思わず天を仰いだ。

4

「なにやってんの。遅いじゃない」

デスクに湯呑みが置かれるや、楯岡絵麻は後輩巡査をじろりと睨み上げた。

「はい。すいません」

さっきまで不機嫌を顕《あら》わにしていた西野が、やけにしおらしい。険が消えた、穏やかな表情になっている。この短時間にいったいなにが起こったのか。かすかに唇の端を持ち上げ、うっとりと微笑《ほほえ》んでいるようにすら見えるのが薄気味悪い。

「まあいいわ。さっさとあっち行ってよ」

調子を狂わされながらも追い払うと、あらためて重要参考人に向き合った。

「話の途中だったわね。ごめんなさい。それで、その彼女とはどうなったの。競馬場でナンパしたとかいう、綾瀬《あやせ》はるか似の彼女だっけ」

「それがふられちゃったんだよ」

苦笑が返ってくる。

「本当に？　遼ちゃんがふったんじゃなくて？」

「そんなわけないじゃん。わりとよさげな感じだったんだけどな。二か月ぐらい付き合ってたんだけど、ある日いきなり別れたいって切り出されたんだ。なんでなのか、いまだにわかんないんだよなあ」

そんなのはギャンブル癖のせいに決まってんだろ。

心で突っ込みながらも、絵麻は同情の笑みを浮かべる。

安達が川崎《かわさき》で開かれるもぐりのバカラ賭博にハマって二百万の借金を作り、闇金業者に追い込みをかけられている事実は、すでに捜査本部が摑《つか》んでいる。債権回収のためにはかなり過激なこともする業者らしく、安達としては生命の危機すら感じる切羽詰まった状況だったろう。早急にまとまった金が必要だったはずだ。

「そうなんだ。でもその彼女、きっといまごろ後悔してるわよ」

「そうかな」

「そうに決まってるじゃない。遼ちゃんみたいなノリがよくておもしろい男、そうそう簡単に見つかるものじゃないよ」

「お姉さん、ほんと褒め上手だなあ」

まんざらでもなさそうに鼻の下を擦《こす》りながら、安達が湯呑みに手を伸ばす。絵麻もすかさず湯呑みを手にして茶を啜った。ミラーリングとよばれる模倣行動には、相手への好感を印象づける効果がある。

「その彼女と別れたのが去年だっけ。それ以来、フリーってわけ？」

「いや……実は、その次にもう一人いるんだ」

「なにそれ。モテモテじゃないの」

「そんなことないさ。その女とは、長続きしなかったしな。付き合った、っていえるのかどうかも怪しいよ」

「なになに、どういうこと？　その彼女はどんな子なの？　いつ、どうやって知り合ったの」

前のめりになって促すと、安達は頬をかきながら虚空を見上げた。

「芸能人にたとえると、そうだなあ……強いて挙げるなら石原《いしはら》さとみかな。出会いはパチ屋さ。スロットやってて、たまたま隣の台に座ってたんだけど、ふと見たら彼女の台が当たってさ、でも、目押しができないみたいだったから、おれが代わりにやってやったんだ。それで、お礼に牛丼おごってもらったの」

最低の出会いだ。ロマンチックさの欠片《かけら》もないエピソードにげんなりとする自分をひた隠しながら、絵麻は一つの事実を確認した。

過去を思い出させるような質問を向けると、安達の視線はきまって左上を向く。

人間は記憶を手繰《たぐ》り寄せるとき、視界の余分な情報を排除するために視線を上に向ける。そのときに見るのが左上か右上かは、各人の利き目によって異なる。ただ、眼球の右や左への不随意運動については、七五％が同一方向という研究結果がある。四度過去についての質問をすれば、ほとんどの人間はそのうち三度は同じ方向を見るということだ。それによって利き目がわかる。いい換えれば利き目でない方向を見上げながら考え込んでいる人間は、実際には過去を思い出そうとしていない――つまりは話している内容が事実に基づかない出鱈目《でたらめ》か、あるいはもっと意図的な嘘《うそ》である可能性が、二五％は存在するということだ。

取り調べのスペシャリスト、『エンマ様』こと楯岡絵麻の生命線は、人並み外れた洞察力と、それを裏付けるノンバーバル理論にあった。無意識下の行動から相手の心理を読み取ることで、相手の嘘を見抜き、真実を供述するしかないように仕向けていく。

すべては行動心理学に基づき、絵麻が書いた脚本に沿って進行していた。

絵麻の取り調べは、まずサンプリングからスタートする。取調室という非日常空間に閉じ込められ、緊張状態にある取り調べ相手をリラックスさせ、また絵麻を味方だと錯覚させることにより、普段の行動パターンや癖を引き出し、データとして蓄積するのだ。サンプルデータが多ければ多いほど、いざ攻勢に転じた段階で相手の心理状態を正確に把握することができる。取り調べ相手と打ち解けたふりをするのは、サンプリングのための手段に過ぎなかった。

「なるほどねえ。けっこう波乱万丈な恋愛遍歴じゃない」

絵麻はにこやかに相槌《あいづち》を打った。なにげない相槌も重要なノンバーバル・コミュニケーションの一種だ。タイミングよく相槌を打てば、自分を認めて欲しいという相手

の自己是認欲求を満たすことができる。そうやって気分を良くしてあげることで、結

果的に聞き役の絵麻のほうが会話をリードしつつ、相手を操縦することになるのだ。

「そうかな……別にたいしたことねえよ」

安達の心理的な障壁が確実に低く、薄くなっていることは、その姿勢からもわかる。

取り調べ開始当初は半身になって椅子の背もたれに腕を載せ、警戒を顕わにしていた

のが、いまは前のめりになり、デスクの上で手を重ねている。

二人の心理的距離は確実に縮まっている――と、安達だけは錯覚している。

「またまた。そうやって無自覚に女を泣かせてきたんでしょ」

絵麻が右手でデスクに頰杖《ほおづえ》をつくと、安達が左手で頰を触る素振りを見せた。ミラ

ーリングだ。マンチェスター大学のジェフリー・ビーティの研究によると、女性は男

性の動作を真似《まね》るが、その逆は少ない。つまり男性側からのミラーリングは、相手へ

の好意や信頼がよほど大きくないと表れない。

内心でほくそ笑む絵麻に、安達は顔の前で手を振った。身振りも大きくなっている。

リラックスしてきた証拠だ。

「そんなことねえよ。おれなんて地味なもんさ。そんなことより、今度はお姉さんの

話を聞きたいな。そんだけ美人なんだから、相当経験値高いんだろうね」

「それがそうでもないんだよね。ここだけの話、それなりに頑張って婚活してるつもりなんだけど、なかなかいい出会いがなくて。どうしてかしら」

虚空に物憂げなため息を吐いたのは、もちろん演技だった。自己開示。自らの秘密を明かすことで、相手との心理的距離を縮める会話術だ。

「出会いがないって、警察は男だらけじゃん」

「警察官は勘弁。とくに刑事だけはぜったいに嫌」

絵麻が鼻を鳴らすと、安達は意外そうだった。

「なんでさ。けっこう金もいいんだろう」

「そんなことないわよ。給与明細見せてあげたいぐらい。それに、刑事は事件が起きたら所轄署に泊まり込みで二週間は家に帰れないし、なにより、頭の中まで筋肉が詰まったような馬鹿ばっかりでうんざり。そんな人種と一緒に暮らすぐらいなら、一生独りのほうがましね」

「お姉さん、毒吐くねえ。溜まってんの」

「そりゃ溜まってるわよ。ここのところご無沙汰《ぶさた》だもの」

「なんだよ。下ネタ嫌いなんじゃなかったっけ」

安達が愉快そうに肩を揺する。

絵麻がことさらに警察批判をするのは、警察と自分の立場は異なると、相手に印象づけるためだ。捜査本部との対立を匂わせることで、この女なら自分の味方になってくれるという錯覚を抱かせる。

取り調べ中に西野を邪険に扱うのにも、同じ狙いがあった。共通の敵を作り上げることで、連帯を生み出すためだ。敵の敵は味方になるというこの心理効果は、オーストリアの心理学者、フリッツ・ハイダーが提唱した認知的バランス理論の実践だった。

「考えてみればさ、お姉さんが刑事と付き合うのだけは嫌っていうのも、わかる気がするな。ようはああいうのと生活するってことだもんな」

安達が顎をしゃくると、背後で椅子の軋《きし》む音がした。挑発された西野が、安達を睨んでいるのだろう。

「そうなの。遼ちゃんならわかってくれると思った」

「当たり前じゃないか」

「ありがとう。やっと理解者に出会えた。やっぱり私たち、運命の赤い糸で繫がっているのかもね」

立ち上がり、両手で安達の両手を包み込んだ。少しわざとらしいが、これで相手のパーソナルスペースに侵入することができた。

パーソナルスペースとは心理的な縄張りのことだ。人間は相手との関係性によって、無意識にパーソナルスペースを使い分けている。公衆距離、社会距離、個体距離、密接距離と、大きく分けて四段階が存在し、このうちもっとも狭い自らの周囲四五センチの密接距離に人間が侵入を許すのは、家族や恋人などのごく親しい存在だけだ。それ以外の人間が立ち入ると、本能的に不快に感じるようになっている。ところが自然な流れで相手の密接距離に侵入できれば、親しい間柄だと脳に錯覚させ、劇的に心理的距離を詰めることが可能になる。

取り調べ開始から二十分。絵麻には、完全に安達を籠絡《ろうらく》した手応《てごた》えがあった。

その手応えが確信に変わったのは、椅子に腰を下ろしながらちらりと安達の足もとを覗《のぞ》き込んだときだ。

エナメル靴の尖《とが》った爪先が上を向いている。上向く爪先は尻尾《しっぽ》を振る犬と同じ。喜びを表すノンバーバル行動だ。

「寿退社の心の準備はいつでもできてるの。誰か素敵な人、紹介してよ」

唐突な申し出にはさすがに面食らったらしく、安達の顔に驚きが浮かぶ。

だがむげに断ることなどできるはずがない。安達にとって目の前の女刑事は、いまや十年来の親友のように感じられている。期待に応えようとするはずだ。

案の定、困惑した様子ながらも安達はいった。

「誰かって……どんな男が好みなのさ」

「そうね。若い男の子も嫌いじゃないけど、あまり若すぎると話を合わせるのも大変そうだから、歳《とし》は三十歳から四十歳ぐらい。年収は一千万ぐらいあればじゅうぶん」

安達が吹き出した。

「一千万でじゅうぶんって、また随分と――」

いい終わらないうちに、絵麻は畳み掛けた。

「安定した一部上場企業に勤めていれば最高だけど、あまり頻繁に転勤するような仕事は嫌かな。両親と同居とかも面倒くさそうだから、できれば長男じゃないほうがいい。できれば、ね。学歴にこだわりはないけれど、もしも大学を出ているのならせめてMARCH以上のランクが希望」

「ちょっ……ちょっと待っ――」

「あと背は最低でも一七五センチ以上。太ってても痩せすぎでも駄目。体格的には痩せマッチョぐらいかしら。顔は、あんまり贅沢いうつもりはないけど俳優の竹野内豊《たけのうちゆたか》っぽい雰囲気ならオッケー。あくまでも雰囲気ね。そっくりである必要はないの。別に竹野内じゃなくても、西島秀俊《にしじまひでとし》とかでもいいけど。それか、百歩譲って小栗旬《おぐりしゅん》」

「待って待って待って待って！」

両手を振って遮られた。

「参ったな。そんなにいっぺんにいわれてもわかんねえよ。ってかさ、なんだよ、百歩譲って小栗旬って。高望みしすぎだろ」

慌てた様子ではあるが、安達はまだ笑顔だった。絵麻が不思議そうに小首をかしげると、同じ方向に顔を傾けるミラーリングを見せる。

「そう……じゃあ、条件は一つだけにする」

「なに」

「嘘をつかない人。これだけは譲れない」

「ああ。ありがちだね」

急にハードルを下げられ、安達は拍子抜けした様子だった。

だがすとんと落ちた両肩に、ふたたび力がこもることになる。

「と、いうことはぁっ……」

絵麻は人差し指を唇にあて、天井を見上げた。しばらく考えるふりで蛍光灯を見つめてから、指先を安達に向けた。

「遼ちゃんがまず最初に落選だね」

にやりと唇の片端を吊り上げると、目の前の男の笑顔が強張《こわば》る。

「ど……どういうことだよ」

「わっかんないかなあ」

絵麻は髪の毛をかき上げた後で、デスクの上に肘をつき、両手の指先同士を重ね合わせた。『尖塔《せんとう》のポーズ』と呼ばれるこのポーズは自信を表すノンバーバル行動であり、絵麻の癖であり、攻撃開始のサインでもある。

「だってきみ、嘘つきじゃん」

絵麻の瞳に、獲物をいたぶる猫のような無邪気で凶暴な光が宿った。

5

ときおり言葉を選ぶような沈黙を挟みながら、とうとうと続けられる晴美の話に、筒井は聞き入っていた。

「ものすごく年上の男性ばかりを好きになってしまうのは、もしかしたら父親の記憶が乏しいせいかもしれません。幼いころから、ずっとお父さんが欲しいと思ってきました。中越や、前の夫もそうですが、どこか父に似ているんです。とはいっても、父の顔なんてほとんど覚えていないんですが――」

数分後。

「二回とも、結婚については主人の親族に反対されました。お金目当てだと誤解されるのが嫌だったので、私としては、入籍には消極的だったんです。紙切れなんかよりも、もっと大事な、もっと深い部分での強い繋がりを感じていたから、それでじゅうぶんでした。保険だってまるで主人の死を望むようだからと、加入には反対しました――」

さらに数分後。

「弟のことについては、主人にたいして本当に申し訳なかったと思います。あまり辛《つら》いことを表に出さず、ぜったいに仕事の話を家庭に持ち込むことはない人でしたから、負担になっていることに気づかなかったんです。生涯を添い遂げようと誓い合った男性だというのに、私は主人のことをなに一つ知らなかったんですね――」

そのまた数分後。

「数か月前から、自宅近辺に不審な人影があるのには気づいていました。トレンチコートを着て、帽子を目深に被《かぶ》った男が、遠くからうちの方角をじっと見ているんです。同じころから、自宅に無言電話がかかってくるようになりました。警察に相談したほうがいいんじゃないかって、主人に相談したことがあるんです。だけど主人は、気のせいじゃないかって取り合ってくれなくて……なんだかそのときの様子が普段とは違ったから、もしかしたら主人には心当たりがあるのでは、と思いました――」

筒井は腕組みをした。

不思議な魅力を持った女だと思った。容姿だけなら、もっと美しい女はいる。だが女の話には、奇妙な引力があるように思えた。

人は見かけによらないものだ。虫も殺せないような顔をした殺人犯は、山ほど見てきた。

だが今回は、今回ばかりは。

シロかもしれん――。

6

安達の表情からは強張りが消えたが、同時に笑顔も消えた。

混乱しているのだろう。魂を抜かれたようなぼんやりとした眼差しで、絵麻のことを見つめている。

初頭効果。人間の第一印象は、初対面の四分間で決定づけられる。そして最初の好印象を脳が覆すのには、時間がかかるのだ。安達はすっかり信頼を寄せた女刑事が自分に刃《やいば》を向けていることに、いまだ気づいていない。

ふと我に返ったように笑顔を繕った安達が、後頭部をかいた。

「いやあ、参った。なに、もしかしておれ、コクる前にふられたの？　きついなーお姉さん」

もう親密なふりをする必要はない。ぴしゃりといった。

「お姉さんじゃなくて、刑事さん、でしょう。自分の立場をわかってるのかな、僕ちゃん」

「な、なんだよ。いきなりドSキャラになっちゃって……」

「誤解させたのならごめんなさい。もともとそうなの」

「わけわかんねえ」

「まだわかんないのかなあ。嘘つき坊やとのお遊びは終わり、ってこと。運命的な出会い？　赤い糸？　やっぱいうことサムいわよ、きみ。センスゼロ。ここからはどこにも繋がっていない。少なくともきみにはね」

立てた小指を顔の前でゆらゆらとさせた。

デスクに置かれていた、安達の手が浮き上がる。椅子の背もたれに体重をかけ、警戒する姿勢になった。

「嘘つき……ってなんだよ。適当なこといってんじゃねえぞ」

低く落とした声に、恫喝《どうかつ》の色が表れた。少しずつ状況を理解しているらしい。

「適当なことじゃないわ。客観的な事実を述べているだけ」

「なんだよ。その客観的な事実って」

人差し指を立てて遮った。

「一つ。綾瀬はるか似の女の子は、競馬場でナンパしてくるような男に、ほいほいついていかない」

中指も立ててピースサインにした。

「二つ。石原さとみ似の女の子が、一人でパチンコ屋でスロットを打ってるなんてありえない」

安達が吹き出した。

「なんだよそれ。嘘じゃねえし。エアー彼女だとでもいうのかよ」

「そうじゃない。競馬場でナンパした彼女も、パチスロの目押しがきっかけで知り合ったという彼女も、たしかに存在するし、実際にきみは交際したはずよ。私が嘘だといっているのは、それぞれの女の子が女優さんに似てるってところ」

「当たり前じゃん。モノホンの芸能人からしたら、そりゃレベル落ちるだろうよ。強いて挙げればとか、系統が似てるとか、そういう話さ。わかってる？」

「それでもきみは、話を『盛った』わよね。誰かに似てる似てないなんてのは主観だから、きみが誰かを芸能人に似ていると思っても、第三者から見れば似ても似つかない、なんてことがあってもおかしくはない。だけどきみは、歴代の彼女が綾瀬はるかや石原さとみに似ているなんて、思ったこともなかった。つまり私にたいして見栄《みえ》を張ろうと話を『盛った』わけ。そうでしょう」

「そんなことしねえし」

安達が大きくかぶりを振った。

「ほらね。やっぱり嘘ついてたんじゃない」

「はあ？　あんた、人の話聞いてんのかよ」

「気づいてないかもしれないけど、きみ、顔を横に振る直前に頷《うなず》いてるから。ほんの一瞬のことで、しかも無意識の反射だから自覚はないでしょうけど」

「なにいってんだ」

絵麻はうんざりとしたため息をついた。また同じ説明を繰り返すのか。

しかたがない。深く息を吸い込んで、いっきにまくし立てる。

「人間の脳は大きく三つに分かれるの。大脳辺縁系、大脳新皮質、脳幹。このうち脳幹は人間の基本的な生命維持の機能を果たしていて、大脳辺縁系は感情を、大脳新皮質は思考をつかさどっている。ほかの動物と比べても人間の脳が特徴的なのは、思考をつかさどる大脳新皮質が極端に発達していることなの。だからこうやってきみに話しているように、言葉を介した複雑なコミュニケーションも可能になる。ところが複雑なコミュニケーションが可能になることと引き換えに、人間は厄介な問題を抱えることになった。本心とは異なる意思表示をすることができるようになったために、言葉だけではそれが相手の本心かどうかわからなくなったの。つまり嘘をつくようになったってこと。ところが、本心とは異なる嘘の意思表示というのは、本心からの自然な意思表示とは完全に同じにはならない。外部からの刺激に反応して脳から筋肉へと命令を伝えるシナプス伝達は、思考をつかさどる大脳新皮質よりも、感情をつかさどる、つまりはより本能的な大脳辺縁系のほうが速いから。速いとはいっても、ほんの五分の一秒だけれども。それでも、大脳新皮質の反応の前には、確実に大脳辺縁系の反応が発現している。どういうことかというと、さっき私が見栄を張ったでしょう、ときみにいったとき、きみはまず最初に大脳辺縁系の反射により頷こうとした。これは肉体的な反射であるから、きみ自身に自覚はなく、頷いたとは思っていない。そして五分の一秒遅れて、大脳新皮質からの信号が筋肉に届く。そこできみは初めて、顔を左右に振った。そういうわけできみはたんに顔を左右に振ったのではなく、最初に五分の一秒頷こうとする素振りを挟んで、ようやく顔を左右に振ったことになる。この五分の一秒の頷きを微細行動――マイクロジェスチャーと呼ぶんだけど、普通の人なら見逃してしまうそれを、私は見抜くことができるの。わかった？」

唖然《あぜん》とした様子で瞬《まばた》きを繰り返していた安達が、顔を左右に振った。マイクロジェスチャーはない。

「でしょうね。きみにもわかるようにすごく簡単にいうと、私に嘘は通用しないから観念しなさいってこと」

「そんな馬鹿な……」

安達が上体をひねり、身体を斜めに傾け、精一杯に絵麻から遠ざかろうとする。早くこの場から立ち去りたいという心理を表す仕草だ。笑顔を作って懸命に虚勢を張っているが、それはリラックスしていたときに見せた笑顔と同じではない。わずかに眉根を寄せ、下まぶたが緊張し、口もとが歪んで、驚きと恐怖が滲《にじ》んでいる。

「ハッタリかましてんじゃねえぞ！」

「はい。三つ目のF」

「なんだそりゃ」

「危機に瀕《ひん》した動物は、その危険度に応じて三段階の行動を踏むといわれているの。まずは硬直――フリーズ、次に逃走――フライト、最後が戦闘――ファイト、という三つのF。最初に私から嘘つき呼ばわりされたきみは硬直――フリーズした。次にその根拠を説明されたきみは私から遠ざかろうと逃走――フライトの姿勢を見せた。そしていまは私を恫喝して戦闘――ファイトしようとしている。内心ではかなりやばいと思ってるんじゃない？」

「そんなことねえ」

安達は姿勢を正し、声の調子を落として平静を装おうとした。

だが喉もとに伸びた右手が、発言の嘘を証明していた。

嘘をつく際の心理的負担を軽減しようとする、典型的ななだめ行動だ。人間の急所である喉のあたりを触るなだめ行動は、とくに喉仏の発達した男性によく見られる。目もとを覆う。鼻を触る。髪の毛を弄《もてあそ》ぶ。舌で唇を湿らせる。貧乏ゆすりをする。数々のなだめ行動が存在するが、それらの行動が即、発言の虚偽を示すことにはならない。普段からの癖である可能性もある。

取り調べ開始からの二十分で絵麻が行うサンプリングは、相手の仕草がなだめ行動なのか、たんなる癖なのかを選《よ》り分けるためのものだった。

すでにじゅうぶんなサンプルを握った絵麻にとって、安達がどうあがこうと勝利は揺るがないものになっている。

「どう思おうときみの勝手。犯罪者が行列作って待ってるんだから、さっさと始めさせてもらうわね」

「ふざけんじゃねえよ。おれをハメやがって」

「あれ？　また三つ目のFが出たかしら」

驚愕《きょうがく》の表情。もはや安達の心の動きが手にとるようにわかる。

絵麻はにやりと意地の悪い笑みを浮かべた。

「たしかに私はきみを騙《だま》した。だけれどもそれは、きみを陥れるためではない。あくまで真実を知るためよ。だってきみには、やましいことはないんでしょう」

「そうだ。その通りだ」

視線を逸《そ》らすなだめ行動。安達が事件に関係しているのは、間違いなさそうだ。

「だったら、すべてを私に話したらいいじゃない。それで無実が証明できれば、晴れて自由の身よ。そのほうがお互いにすっきりするでしょう」

眼差しに怒りを残しながらも、安達は思案している様子だった。目の前の女刑事に本当に嘘を見抜く能力があるのか、それがどれほどの精度なのかを検討しているようだ。

「いいだろう」

やがて安達は頷いた。騙し通せると踏んだらしい。

「それじゃあ、始めましょうか」

絵麻はにっこりと頷いた。

「事件当日の行動を教えてくれるかしら。初動捜査のときに訪ねてきた刑事に、きみはずっと自宅アパートにいて、被害者の中越弘嗣さん宅を訪ねていないと証言しているわね」

「ああ。疑われるのが嫌だったからな」

声音に抑揚がなく、不自然に背筋が伸びているのは、三つのFを意識しているせいだろう。だが唇を内側に巻き込むなだめ行動が出ている。大きな心理的圧迫を感じているのは間違いない。

「だけど、実際には事件の起こった時刻前後に、中越さんを訪ねていた」

唇を巻き込む強さが増したようだ。安達の唇はさらに薄く細くなった。

「きみが殺し――」

「やってねえよ！　ぜったいに！　おれはおやじさんを殺してなんかいない！」

「三つ目のＦ」

指摘すると、はっとした様子で視線を落とす。

たしかに安達は戦闘――ファイトの態勢をとった。だがそれは、殺人の容疑をかけられているのなら当然ともいえる。

問題は、無実を主張する安達になだめ行動が見られなかったことだ。安達にはなだめ行動の知識も、なだめ行動を制御するような演技力もそなわっていないように思える。

だとしたら、安達は犯人ではないというのだろうか。

そうなると、中越晴美と安達の姉弟で犯行に及んだという仮定は崩れることになる。旅行中だったという中越晴美のアリバイについては、投宿先の旅館の従業員に確認してある。

中越晴美は、弟ではない第三者に殺人を依頼した――？

いや、万が一そういう可能性があるにしても、安達がまったく事件に無関係ということはないはずだ。先ほどやましいことはないだろうと確認したとき、そうだ、と答える安達は明らかななだめ行動を伴っていた。

「あくまでも事件とは無関係だというのね」

「さっきからそういってる」

今度の答えは、長い瞬きを伴っていた。現実を見たくないというなだめ行動。間違いなく安達は、なんらかのかたちで事件に関与している。

少し攻め方を考える必要がありそうだ。

「なんのために、中越さんのお宅を訪ねたの」

「それは……」

いいよどむ安達の唇がふたたび動き出すのを、絵麻はじっと待った。

「それは、借りていた金を返すためさ」

「嘘」

明らかな嘘だ。顎を引き、上体を後方に倒しながら、視線を逸らすなだめ行動があった。

「逆じゃないの。きみは新たに借金を申し込むつもりだった……違う？」

返事はないが、かすかに頷くマイクロジェスチャーが表れた。

「だけど、たび重なる借金の申し込みに嫌気が差し、そもそも口座の預金もすでに底を尽きかけていた中越さんに、断られた」

「……まあな」

今度は顔を左右に振るマイクロジェスチャー。

ということは、借金の申し込みは断られていない？

「だから殺した」

「殺してねえ」

なだめ行動はない。

どういうことだ。

安達は借金の無心に被害者を訪ねた。被害者は借金の無心を断っていない。安達は金を手に入れたということなのか。

なのになぜ殺した？

いや、安達の大脳辺縁系は、殺していないといっている。

ならば安達は無実か？

ありえない。大脳辺縁系は、殺してはいないが、なんらかのやましい事情を抱えているとも明かしている。

絵麻は混乱した。おそらく捜査方針のどこかの前提が間違っているのだ。誤った先入観のせいで、真相がぼやけてしまっている。

被害者にかけられた保険金は一億円に及ぶ。その点から見れば、保険金の受取人となっている中越晴美にもっとも大きな動機がある。しかし事件当時旅行中だった晴美には、直接手を下すのは不可能だ。ところが晴美に近しい存在で、しかも事件発生前後に被害者を訪ねていた人物がいた。それが晴美の実弟で、被害者の義弟にあたる安達遼平だ。安達は闇金に追い込みをかけられており、早急に金が必要だった。安達もまた、動機はじゅうぶんだった。一億円といわず、数万円数十万円のために強盗や殺人を犯した可能性だってある。ところが安達は殺害を行っていない。だがけっして事件には無関係ではない。

「きみのお姉さん、五年前にも旦那さんを亡くしているわね」

そこになにかがあるかもしれない。

顔を上げた安達の瞳に、はっきりとした動揺が表れた。

「それが、なにか」

「なんでも雨の日に海釣りに出て、高波に飲まれたとか」

うつむきながら唇を歪める表情は、罪悪感を示している。やはりただの事故ではなさそうだ。

「旦那さんを亡くして、三千万円の保険金を手にしたきみのお姉さんは、三年前に故郷を捨てて上京した。そして二年前に、今回の事件の被害者である中越弘嗣さんと結婚……ちょうどそのころ、お姉さんの後を追うようにきみも上京した」

「それがなんなんだよ。これまでなんべんも話したことだ」

唇を歪めた安達が、ファイト——戦闘の態勢をとった。なにかがある。なんらかの秘密を守ろうとしている。捜査本部の見立て通り、五年前の義兄の変死は、保険金目当ての殺人か。

そのとき、絵麻の全身を閃《ひらめ》きが駆け抜けた。

先入観だ。

中越晴美と安達遼平の姉弟は、五年前に義兄に多額の保険金をかけ、事故に見せかけて殺害した。おそらくそれは間違っていない。だがその事実が誤った先入観となって、今回の事件にかんしては見立て違いをしていたようだ。

安達は五年前の義兄の変死にかかわっている。だからその点を突くと、動揺した様子を見せる。安達の見せるなだめ行動は、五年前のことを追及されたくないがためだ。

というのが先入観だ。

だが安達がいま現在もっとも触れて欲しくない話題は、五年前の件よりも、こっちのはずだ。

「きみのお姉さんが中越弘嗣さんと結婚したのは、間違いなく二年前なのね」

「二年前」という言葉を強調する。

「それが、どうしたってんだよ」

髪をかきむしる安達のなだめ行動で、絵麻は確信した。

たぶん……いや、間違いなく、これが正解だ。

「きみが遺体の胸に突き刺した刃物は、どこにあるのかしら」

そう、遺体。

安達が胸に刃物を突き刺した相手は、すでに死んでいた。

絵麻は『尖塔のポーズ』で不敵に微笑んだ。

7

小便器に向かった筒井がスラックスのジッパーを下ろすと、出入り口のほうから声がした。

「おう筒井。調子はどうだ」

現在は捜査二課に所属する、同期の三田村《みたむら》だった。小柄だが、警視庁代表として柔道の全日本選手権に出場した経歴の持ち主だけあって、身体つきが引き締まっている。隣に並ばれた筒井は、思わず息を吸って腹をひっこめた。

「取り調べはもう済んだのか」

さすがに耳ざとい。現在マスコミを騒がせている杉並区男性放火殺人事件の重要参考人取り調べの担当者が、筒井だと知っていたか。

「いや、まだだ。重参が便所だっていうから、おれも行っとこうと思ってな」

「えらい事件みたいだな。重参は落ちそうか」

「どうだろうな……」

筒井は虚空を見上げた。じょろじょろと液体が陶器の表面を伝い落ちる音が響く。

「どうしたんだ。鬼の筒井ともあろう男が、自信なさそうだな」

「鬼だと？」

いつの間にそんな通り名が。だがまんざらでもない。人間のままでは、エンマ様に対抗できない。

「自信がないわけじゃない。ただ、おれが取り調べてる重参は、シロな気がする」

「おいおい本当かよ」

三田村が色めきたった。このまま二課に戻っていいふらされたらたまらない。すかさず釘《くぎ》を刺した。

「まだ口外するなよ。おまえだから話すんだ」

「お、おお。わかってるさ。杉並のヤマではたしか姉ちゃんと弟のきょうだいが、二人揃《そろ》って任同かけられていたな。おまえが担当しているのは……」

「姉貴のほうだ」

「と、いうことは、弟の単独犯なのか」

「そいつはわからない。そっちはおれが調べてるわけじゃないからな。ただ、姉貴のほうを調べた感触だと、どうもあの女が嘘をついているようには思えないんだ」

「まさか筒井、おまえ重参に惚《ほ》れてないだろうな。テレビで見たが、あの女、なかなかの別嬪《べっぴん》さんじゃないか」

食えないところのある同期は、ときどき冗談なのか本気なのかわからない。だから筒井は、気持ち強めに否定した。

「馬鹿抜かせ。そんなんじゃねえよ」

「冗談だよ。そうむきになるなって」

三田村は屈託なく笑った。先に用を足し終えたらしく、ジッパーを上げて洗面台のほうへ歩き出す。いっぽうの筒井はなかなか切れない。同期より先に老け込んだ心境になる。

三田村が蛇口をひねった。水のほとばしる音がする。

「ところで筒井。弟のほうの取り調べは、誰が担当してるんだ」

「ああ。あいつだよ、あれ」

名前を濁したが、そのせいで逆にぴんと来たらしい。

「エンマ様か」

ふあ、と鼻から息を抜いて、肯定とも否定ともつかない曖昧な返事をした。

「なるほどな」

水に晒《さら》した両手を擦り合わせながら、三田村がいう。

「なにがだ」

「いや。別に。なんでもない」

どことなく含みのある口調だった。

なんでもなくはないだろうと思ったが、あまりしつこいと、意識しているのがあからさまになりそうで嫌だった。左の上まぶたがぴりぴりと痙攣し始める気配を感じて、ぎゅっと目を閉じる。

なにがエンマ様だ――。
　ふん、と鼻を鳴らすと、筒井はジッパーを勢いよく上げた。

8

「ああ？　てめえ、なにいってんだよ」

　首を突き出す安達の表情には眉が吊り上がり、上下のまぶたを緊張させ、上唇の片端を吊り上げた明らかな怒りが表れていた。いや、たんなる怒りではない。額や頰の筋肉が緊張している様子から見ると、驚きと恐怖も混じっている。

「三つ目のFが出たわよ」

「ごちゃごちゃうるせえんだ！」

　感情が制御できなくなっている。これまででもっとも大きな危機感を抱いているということだろう。

「刃物の場所はどこ？　捨てたの？　それとも、まだどこかに隠してあるの」

「何度も同じことといわせるんじゃねえよ！　おれはおやじさんを殺してなんかいねえ！」

「きみに訊《き》いてるんじゃないの。私はきみの大脳辺縁系に質問しているの」

「は?」

「西野」

後方に手を伸ばすと、足もとを探った西野が冊子を手渡してきた。それは東京二十三区の住宅地図だった。絵麻は現場周辺が描かれた頁《ページ》を開いた。

「さて……と、どこらへんからいきましょうか」

頬杖をついて地図を眺めながら独りごちる。一瞬、絵麻につられかけた安達の視線は、事件当時のことを思い出したくないという感じに地図の上で跳ねた後、どこに定めたものかとあちこちを泳ぐ。

「中越さんのお宅からきみのアパートまでは徒歩圏内……だけど、きみは車を持っていて、中越さんを訪ねたときにも車で訪ねていた……ということは刃物を持って現場を出た後も車で移動している……」

ぶつぶつと口の中で呟《つぶや》きながら、さりげなく安達の様子をうかがう。顔が真っ白になっていた。根は気が弱い男だというのは、デスクの下で脚を交差させていることからもわかる。従属的な性格を表す椅子の座り方だ。

ということは、一刻も早く刃物を捨てたかったはずだ。自分の住まいに持ち込むのも嫌がるだろう。

車で移動となると行動半径はかなり大きくなるが、やってみるか――。

絵麻は現場となった中越宅が描かれた部分に、人差し指を置いた。

「よろしくね。大脳辺縁系ちゃん」

小首をかしげて微笑むと、安達は虚を衝《つ》かれたように眉を上下させる。

「刃物を持って中越さんのお宅を出たきみは、自分の車に乗り込んでエンジンをかけた。そして走り出す」

車の動きを再現するように、地図上で人差し指を動かす。そして交差点に差しかかったところで指の動きを止めた。

「ここからきみはどっちに行ったの。右？　左？　それとも直進？」

安達は答えない。混乱した様子で、絵麻の顔と人差し指を交互に見つめている。

だが絵麻は、言葉――大脳新皮質による返答など、必要としていなかった。

「右？」

なだめ行動なし。

「左？」

同じく反応なし。

「直進？」

わずかに唇を歪める仕草。なだめ行動だ。

もう一度質問を繰り返して、自らの感触が間違っていないことを確信すると、地図上で人差し指を直進させた。

ふたたび交差点に行き当たる。

「ここではどっちに行ったのかな。右？　左？　真っ直ぐ？」

「右だよ。そのまま自分ちに帰った」

しきりに耳を触るなだめ行動が、嘘だと教えてくれた。

「右？」

無視されてむっとする気配はあったものの、なだめ行動はない。

「左？」

顎がぴくりと動いて顔を逸らそうとするようなマイクロジェスチャー。なだめ行動か。

「直進？」

反応なし。ということは、左か。自宅とは反対方向に向かっている。やはり一刻も早く刃物を手放したくて、処分できる場所を探したのだろう。

人差し指を動かそうとしたところで、安達が怒鳴った。

「おいあんた、人の話聞いてんのかよ！　自分ちに帰ったっていってんだろうが」

「環七《かんなな》に出たわね。ここではどっちに行ったのかな。右？」

「だから違うって……」

「左？」

「無視すんじゃねえよ！」

「真っ直ぐ？」

「おい！　聞けって」

左だ。大脳辺縁系の道案内通りに人差し指を動かし、環七を道なりに北上させると、安達が大きく目を見開いた。怒り。しかしそれよりも何倍もの驚きと恐怖。

その後も絵麻は大脳辺縁系との会話を続け、事件後の安達の動きを再現してみせた。途中から安達は口を閉ざして貝になったが、まったく無意味な抵抗だった。

そして一時間ほどして、埼玉《さいたま》県三郷《みさと》市にある公園を特定した。ここからさらに質問を繰り返して、捜索範囲を狭めていく。

駐車場に車を入れてからは徒歩。管理センターを背にしながら歩いて十二分。江戸《えど》川《がわ》に面した雑木林の中――。

割り出した場所をメモ用紙に走り書きして、背後に差し出した。

「西野。これお願い。本部に」

「了解！」

メモ用紙を受け取ると、西野は取調室を飛び出していった。

安達は茫然《ぼうぜん》自失の様子だ。

「なんで……」

ぱくぱくと動く唇からは、それ以上言葉が続かない。

絵麻はにやりと唇の端を吊り上げた。

「だからいったでしょう。私に嘘は通用しないって」

「おれは、殺してない……」

「知ってる。だけど、きみは遺体の胸に刃物を突き立て、傷をつけた。そして、火を放って逃げた。おそらく、きみのお姉さんの指示で」

気が弱く、従属的な性格で、気転も利かなそうな男だ。単独犯のわけがない。

安達にはかぶりを振る気配があったが、直前に表れた頷きのマイクロジェスチャーはそれ以上に大きかった。

「殺人事件なんてなかったの。だって亡くなった中越さんは、きみたち姉弟から精神的に追い詰められて、自ら命を絶ったんだから」

安達の眼から輝きが失われたように見えるのは、瞳孔《どうこう》が収縮したせいだ。恐怖を示す反応だった。

「中越さんの亡くなった日、きみは借金の無心をするために中越さんを訪ねた。ところが中越さんはすでに死んでいた。きみは慌てて、旅行中のお姉さんに連絡した。せっかく一億円の保険をかけた相手が死んでしまった、と。お姉さんも焦ったでしょうね。なぜならばきみのお姉さんは、中越さんと結婚してまだ二年ほどしか経っていない。ということは、きみのお姉さんを受取人とする保険の契約からも、同じぐらいしか経っていないということよね。まだ自殺の免責期間だったんでしょう」

死亡保険には保険金目的の自殺を防ぐため、一定の免責期間が設定されている。期間内の自殺では、保険金が支払われない。免責期間の長さは保険会社や保険の種類にもよるが、たいてい一年から三年の間で定められる。今回の場合、一億円という高額な契約内容を考えると、最長の三年という設定だったのではないか。つまり三年以内に自殺した場合、保険金が下りないのだ。

中越弘嗣がなぜ自殺したのかはわからない。若い妻やその弟にたかられて丸裸になり、たんに絶望した末の行動だったのか。それともいずれ保険金目当てに殺されると考えて、一億円だけは渡すまいというせめてもの意趣返しのつもりだったのか。

いずれにせよ、中越晴美と安達遼平、姉弟の計画は大きく狂った。

「きみたち姉弟にとって、中越さんは自殺以外の方法で亡くなってくれないといけなかった。そこできみたちは……というか、きみのお姉さんは、殺人の偽装を思いつく。刃物で遺体の胸を一突きして、現場に火を放って逃げれば、間違いなく警察は殺人を疑う。まさかわざわざ、自殺を殺人に見せかけようとしているとは考えない。中越さんの自殺の方法はわからないけれど、おそらく……首吊りだったんじゃないかしら。他人に絞められたのとは明らかに違う索条痕《さくじょうこん》が残るし。とにかくきみは現場に火を放って遺体を焼くことで、遺体に残る自殺の証拠を消した。その前に遺体の胸に刺し傷を残すことで、死因のミスリードを行おうとした」

そう考えると、すべてが腑《ふ》に落ちる。

安達は義兄を殺害していない。すでに自殺していたからだ。

しかし事件には関与している。

借金の無心に訪れたものの、断られなかった。すでに死んでいた義兄から、断られようがない。

遺体の胸の刺し傷、そして放火。自殺を殺人に偽装するためだ。

なぜ自殺をわざわざ殺人事件に見せかけようとしたのか。免責期間のため、自殺では保険金が下りないからだ。

殺人事件など、最初から存在しなかった。姉弟はいずれ中越弘嗣を事故に見せかけて殺害し、一億円を手にするつもりだったろう。だが、それ以前にやりすぎてしまったのだ。

「さあ、どうするのかしら。物証が見つかるまで待ってもいいけど、できればさっさと済ませたいのよね。きみ以外にも、ここに赤い糸で繋がってる犯罪者どもが順番待ちしてるから」

絵麻が小指を立てて微笑むと、安達は悄然《しょうぜん》とうなだれた。

9

「――以上だ。内容に目を通して、間違いがなければここに拇印《ぼいん》を押してくれ。部分的に違うという箇所があれば、修正できるのでその都度、いってくれ」

筒井は読み上げた供述調書の束をデスクにとんとんと立てて揃え、晴美のほうに向けて差し出した。

軽く顎を引いた晴美が、書面に目を落とす。

筒井はふうと虚空に息を吐いて、自分の肩を揉《も》んだ。

とりあえず今日の取り調べは終了だ。晴美については自宅に帰さず、警察が手配したビジネスホテルに宿泊させることになっている。今後も取り調べは継続していく方針のようだ。

たしかに状況からすると、もっとも疑わしい人物であることに違いない。

だが筒井は、長時間晴美と接する中で、この女は無実ではないかという手応えを感じていた。話しぶりからも、亡くなった夫への愛情が痛いほど伝わってきた。早くに両親を亡くして以来、弟の親代わりを務めてきたという健気《けなげ》なエピソードにも心を打たれるものがあった。筒井にも中学生になる生意気盛りの娘がいるが、晴美のように育って欲しいと思ったほどだ。

晴美は調書を熟読している。読み終えるにはもう少し時間がかかりそうだ。

「ちょっと、便所行ってくるわ」

背後の綿貫に声をかけて、椅子を引いた。三十分ほど前から、尿意を我慢していた。年のせいか、このところ妙に近くなった。

ノブに手をかけようとしたところで、ノックの音がした。扉を開けると、捜査一課の同僚刑事だった。筒井の三期後輩にあたる簑島《みのしま》という男だ。

「筒井さん。ちょっといいですか」

「おう。そろそろ切り上げようとしてたところだ」

廊下に出ると、簑島は気まずそうに頬をかいた。普段から自信なさげで、気弱な挙動を見せる男なので、筒井は別段不審に思うこともなかった。

「実は……安達が完落ちしました」

「なに？」

隣の部屋の扉を見た。楯岡が安達を取り調べていた部屋だった。やたらと賑《にぎ》やかだったかと思うと、急に怒号が飛び交い始めたりと忙しかったが、たしかにいまその部屋からは、物音が聞こえなくなっていた。

「畜生め……」

またしても楯岡の手柄か。思わず顔を歪める。

「ってことは……」

安達の単独犯だったということだろうか。

「それで、ですね」

簑島は怯《おび》えたような上目遣いをしながら、話を続けた。内容は、楯岡が安達から引き出したという、事件の真相だった。

筒井の視界に暗いシャッターが降りた。そのシャッターが、話を聞くうちに分厚くなっていくような気がした。しまいには目まいがしたが、残念ながらそのまま倒れられるほどやわな身体ではなかった。

——おれが取り調べてる重参は、シロな気がする。

——どうもあの女が嘘をついているようには思えないんだ。

同期の三田村に発した言葉が、鼓膜の奥で反響し続けている。顔を真っ赤にする筒井の反応を、簑島は怒りと誤解したようだった。だがそうではなかった。過去に戻って自分の口を塞《ふさ》いでやりたかった。

簑島と別れ、取調室に戻る。

ちょうど調書を読み終えたらしい晴美が、朱肉に親指を載せていた。

筒井はデスクまで歩いていき、晴美に一枚の書類を掲げて見せた。

逮捕状だった。

「中越晴美。死体損壊、及び現住建造物放火の共犯容疑で、逮捕する」

左の上まぶたが激しく痙攣するのを感じながら、筒井は告げた。

10

「お疲れ様でっす！」

西野がジョッキをぶつけてくる。あまりの勢いに押されて、ビールがこぼれそうになった。絵麻はおっとっととバランスを取りながら、慌ててジョッキに口をつけた。

「くうっ。やっぱ事件解決の後に飲むビールは最高っすね！」

すでに中身が半分ほどになったジョッキを掲げる西野は、いつもながらビールのコマーシャルに出てきそうな爽快《そうかい》な表情だ。

「これまでに何度も何度もいったと思うけど、あんた別になにもしてないじゃない」

「あ。そういうことといいますかね。僕らはチームでしょう」

「なにがチームよ。取り調べ内容をパソコンに打ち込むなんて、誰にでもできるじゃない」

「そんなことありませんよ。なら次回は、誰か別の人に頼んでみてくださいよ」

痛いところを突かれた。絵麻は傾けようとしたジョッキの動きを止める。

以前に一度だけ、西野以外の刑事と組んだことがある。その刑事は絵麻の突飛な取り調べについてこられず、絵麻の取り調べの立ち会いは二度と御免だと吹聴しているらしい。

「それに、人差し指だけでキーボードを叩くコンピューター音痴の人にだけは、そういうこといわれたくないなあ……大将。これと同じもの、もう一つ」

西野は早くもジョッキを空にすると、カウンターの奥にお代わりを要求した。

二人は新橋《しんばし》ガード下の居酒屋で、カウンターに肩を並べていた。もはや恒例となった祝勝会だ。以前は西野から強引に誘われてしぶしぶついてきていたが、いまやこれがなければ事件が片付いた気がしないから不思議だ。

「それにしても、やっぱり殺人で立件するのは不可能なんですかね。中越弘嗣は、あの姉弟に殺されたようなものじゃないですか」

「無理ね。たしかに中越弘嗣の自殺の原因を作ったのはあの二人だった。それは間違いない。だけどあの姉弟にとって、中越は少なくともいま死なれては困る相手だった。殺意の存在を立証するのは不可能」

「そうかあ……なんか悔しいな」

西野が無念そうに唇を歪める。

「いちおう保険会社にたいする詐欺未遂でも再逮捕するみたいよ。それに、熊本県警が五年前の中越晴美の元夫の変死についても、再捜査に乗り出したとか。そっちの捜査が上手くいけば、殺人でも起訴されるんじゃないの」

「ちゃんとやってくれますかね」

「仕事だもん。ちゃんとやるでしょ」

「いや、仕事に取り組む姿勢の問題ではないんですよ。問題は、警視庁以外には、僕みたいな取り調べの最終兵器がいないってことですよ。僕みたいな」

無視して肉じゃがの皿から絹さやと人参《にんじん》を取り除くことに集中していると、西野から袖《そで》を引かれた。

「楯岡さぁん」

「なに」

「聞いてました？」

「聞いてたわよ」

「じゃあ突っ込んでくださいよ。僕らチームじゃないですか」

「なら自分の仕事ちゃんとやってよね。ほら」

野菜だけを集めた小皿を滑らせる。二人で食事するときの西野の仕事は、絵麻の嫌いなものを処分することだった。

「これが僕の仕事かあ」

不服そうにしながらも、西野は箸でつまんだ人参を口に放り込んだ。

「冗談はさておき、中越晴美って女、たいしたタマみたいですから、熊本県警には頑張って欲しいですね」

筒井から逮捕状の執行を告げられた晴美は、犯行は弟の独断で行ったことだと主張し始めたらしい。どうやら最初から、いざとなったら弟を切り捨てようと決めていたふしがある。現在は筒井が自供を引き出そうと躍起になっているようだが、もしかしたら絵麻の出陣もあるかもしれない。いや、おそらくそうなる気がする。

安達の自供からも、その姉である晴美がサイコパスであり、天性の詐欺師であることが想像できる。他人への共感を抱かず、自らの目的達成のために利用する駒《こま》としか考えない反社会性人格の持ち主だ。そんな女にとって、男の刑事連中への心証操作などたやすいに違いない。

「ってかさ」

絵麻はじゃがいもを咀嚼《そしゃく》しながら、カウンターに頬杖をついた。

「中越晴美がどうっていうより、男が馬鹿すぎるのよ」

「楯岡さん。ちょっと言葉が過ぎると思います。たしかに僕も、中越弘嗣には自業自得な部分があったとは思いますけど、亡くなっているんですから……」

「あんた、なにいってんの。私は中越弘嗣だけのことをいってるんじゃないの。一般論として、世の中の男全員が馬鹿だっていってんの。ちょっと笑いかけられたり、目が合ったり、身体を触られたぐらいで、女が自分に気があるってすーぐ誤解してさ、おまえはそんなに魅力的な男かっつーの」

「わかります。馬鹿な男が本当に多い」

西野がしみじみと頷く。

「なんであんた、他人事《ひとごと》みたいな顔してんのよ」

絵麻が肩を叩くと、さも意外そうな反応が返ってきた。

「え。だって僕は違いますもん。女性を見る眼には、自信ありますから」

あきれてものもいえない。喉もと過ぎればなんとやらだ。

かつて西野は、婚活パーティーで知り合った女に拉致監禁されたことがある。女性二人組のシリアルキラーによる犯行だった。危うく殺されるところだった強烈な体験を、すでに忘れてしまったのか。

「その自信の根拠はどこにあるの」

「そうですねえ。合コンの場数ですかねえ。僕にとっての合コンは、人を見抜く目を養うための、いわば修練の場です。合コンで養った観察眼を、仕事にフィードバックする……だから合コンがうまくいけば、仕事もうまくいく。いわば車の前輪と後輪のように、互いにリンクしているんですよねえ」

西野が遠くを見るような眼で頷く。煙草《たばこ》に見立てた箸を指先に挟み、ふうと煙まで吐き出してみせた。

「なんでちょっと良いこといいました的なドヤ顔してんのよ。気持ち悪い」

「気持ち悪いはリアルに傷つくんで勘弁してください」

もっとも、いつまでもくよくよとしてトラウマを抱かれるよりはよほどましかもしれないが。

「そういえばあんた、最近もナースと合コンとかなんとかいってなかった?」

しばらく考える間があって、西野は「ああ」と口を開いた。

「あの話ですか。なんか同期から誘われたんですけどね。武蔵野《むさしの》市かなんかの大きな病院に勤務してるナースが合コンしたがってるとかなんとか」

「そこでも観察眼を養えたの」

「いえ。あの話は流れたっぽいんですよ。なんでも窓口になっていた僕の同期によると、女の子が急に音信不通になっちゃったとか。メールに返信もないし、電話しても出ないんですって」

「もしかしてその同期って、あんたの顔写メとか送っちゃったんじゃないの。それを見た女子がテンション下がっちゃったとか」

「失礼なことというなあ。楯岡さん、取り調べのとき、竹野内豊が好きっていってましたね」

「ああ」

いったかもしれない。アドレナリンが分泌されているせいで記憶は薄いが、後で振り返るとよくもまあ出鱈目を並べ立てたものだと、我ながら感心する。

「それがどうかしたの」

「似てません？」

西野が得意げに顔を左右に動かす意味が、さっぱりわからなかった。

「なにが」

「僕が、ですよ」

思わず西野の耳を引っ張った。大学まで柔道をやっていたという西野の耳は、膨れ上がって餃子《ギョーザ》のように変形している。

「痛てててて……なにするんですか、楯岡さん」

「いや。なんかおかしなことを聞いた気がしたから、もしかしたら耳が悪くなったのかと思って」

「それなら自分の耳を引っ張ってくださいよ……痛い痛い」

手を離すと、西野は半泣きになりながら自分の耳にお冷《ひや》のグラスをあてた。

絵麻は周囲を見回し、声を潜めた。

「よかったわね、それぐらいで済んで。もしもこの場に竹野内豊のファンがいたら、あんた殺されてたかもしれないわよ」

西野はまだ納得いかない表情だ。驚くべきことに、冗談ではなかったらしい。

「だっていわれたんですよ。竹野内に似てるって」

「誰がそんなことを」

「ユイちゃんです。新宿《しんじゅく》のキャバ嬢なんですけどね。これまでそんなこと思ったこともなかったけど、あらためていわれてみれば似てるかもなって」

全身が脱力した。キャバクラ嬢の営業トークを真に受けているのか。薄々勘付いてはいたが、本当に経験からまったく学習していないようだ。

「ね、大将。僕の顔よく見てよ。誰かに似てると思わない？」

西野が自分を指差しながら、カウンターに向けて顔を突き出している。

「そうですねえ……」

律儀に付き合う大将が気の毒だ。

「芸能人だよ。芸能人」

「芸能人……ですか」

「ヒントは、タで始まる人。タ……タケ……」

「武田《たけだ》鉄矢《てつや》ですか！　いわれてみればたしかに似てますね」

「違う違う！　いるでしょう。もっと似てる人が」

「え……もっと似てる人、ですか」

「そうだよ。タケ……」

「タケ……」

「そう。タケで始まるよ。わからないかな。じゃあ、大サービスでもうちょっとヒント出しちゃうよ。タケの次は、ノね。タケノ……タケノウチィ……」

ほぼ答えいってるじゃん。

とは思ったが、あまりの馬鹿馬鹿しさにかかわる気も起きない。絵麻は両手でジョッキを持ち上げ、ビールを飲んだ。

こっそり小指を立てて、引いてみる。

ここから伸びた目に見えない透明な糸は、誰かに繋がっているのかなと思った。

第二話

狂おしいほどEYEしてる

1

「いよいよ筒井さんの時代っすね」

綿貫に揉み手をしながらいわれ、筒井道大は手で口もとを覆った。緩む頬を持ち上げながら応える。

「誰が落とそうと関係ない。おれが欲しいのは手柄じゃなくて、正義だ」

低い声で渋くキメてやりたかったが、声のうわずりを抑えるので精一杯だ。

「さすが『鬼の筒井』。懐《ふところ》が深い」

「褒めてもなんも出ねえぞ」

「いやいや。そうおっしゃいますが、僕はいつも筒井さんの背中から、たくさんのことを学ばせてもらってますから。今日も勉強させていただきます」

芝居がかったお辞儀に「からかってんじゃねえ」と手を払ったものの、もちろんまんざらでもない。下唇をぎゅっと嚙《か》み、こみ上げる笑いを堪《こら》えた。

目的地が近づくにつれて、鼓動が速まるのがわかる。

二つの足音は、廊下を取調室に向かっていた。

やがて扉の前に立ち、筒井はふうと長い息をついた。早くも万感去来して、胸がいっぱいになる。

ついにこのときが来たのだ。

楯岡絵麻に勝利する日が——。

筒井がこれから取り調べるのは、先ほどまで楯岡が取り調べていた被疑者だった。楯岡による取り調べが始まって一時間ほど経ったころ、取り調べを交代するようにと命令を受けた。引き継いだ供述調書は、まったくの白紙だった。どういうことか訊《たず》ねようとしたが、楯岡はすでに外出したらしかった。

自供率一〇〇%だと？　逃げ足が速いだけじゃないか。笑わせやがる——。

思わず吹き出しそうになって、咳払《せきばら》いで誤魔化《ごまか》した。

エンマ様が投げ出したマルヒを落とす。

それは『反楯岡派』にとっての悲願といえた。あの女が捜査一課に配属になってから、何年になるだろう。その間、一人また一人と、派閥を離脱する者が相次いだ。中には完全に籠絡《ろうらく》され、いまでは熱烈な楯岡の支持者となった裏切り者もいる。当初は圧倒的勢力だった『反楯岡派』は、いまや『楯岡支持派』に逆転されそうな形勢だ。

だが。

おれが、この『鬼の筒井』が、エンマ様を倒してやる――。

これまでの苦闘の日々が走馬灯のように甦《よみがえ》り、ふいに鼻の奥がつんとした。

まだだ。まだ早い。筒井は気持ちを引き締め直した。

なにしろエンマ様が匙《さじ》を投げたほどの被疑者だ。難敵には違いない。

事件が発生したのは、二日前の午後六時ごろだった。

世田谷《せたがや》区池尻《いけじり》の路上で、刃物を持った男に女性が襲われているという一一〇番通報が入った。

付近を警ら中だった機動捜査隊のパトカーが現着したときには、すでに犯人は逃走した後だったらしい。血だまりに横たわる被害者を、居合わせた数人の通行人が取り囲んでいた。胸など数か所を刺された被害者は意識を失っており、救急隊員の呼びかけにも応じず、すぐに付近の大学病院へ救急搬送された。

被害者の身の上は、思わぬかたちで判明した。救急患者を受け入れた看護師が「細《ほそ》川《かわ》さん！　どうして！」と驚きの声を上げたのだ。

細川めぐみは、救急搬送された大学病院に勤務する看護師だった。四十七歳。板橋《いたばし》区在住。日勤勤務を終え、最寄り駅に向かう帰宅途中だったらしい。

所轄の三宿《みしゅく》署から応援要請を受けるかたちで捜査本部が設置され、あたり一帯に緊急配備が敷かれた。当初は顔見知りによる犯行と通り魔的犯行の両面から捜査が進められたが、深夜になって意識を取り戻した被害者の証言で、事態は急展開を見せる。

私を刺したのは、元夫です。被害者はそう告げたのだった。

三《み》嶋《しま》裕貴《ひろたか》。四十五歳。それが、筒井がこれから取り調べる被疑者の名前だ。現在は無職だが、二か月前まで町田《まちだ》市の総合病院に外科医として勤務していたらしい。なぜ仕事を辞めたのかは不明だが、被害者によると、ちょうど二か月ほど前から三嶋による執拗《しつよう》な電話や待ち伏せなどのストーカー被害に遭っていたという話だった。

捜査本部は三嶋の緊急指名手配の手続きをとると同時に、細川めぐみから三嶋との関係について事情聴取を進めた。ほどなくその過程で、驚愕の事実が明らかになる。三嶋と被害者は、三年前に発生した『狛江《こまえ》市少女殺害死体遺棄事件』の被害者・三嶋花凜《かりん》ちゃんの両親だったのだ。

狛江市在住の小学三年生、三嶋花凜ちゃんが行方不明になり、一週間後にバラバラ死体で発見されるという凄惨《せいさん》な事件だった。警察の威信をかけた三百人態勢での大掛かりな捜査もむなしく、現在まで犯人逮捕には至っていない。

娘の遺体発見から半年後に夫婦は別居。その三か月後には離婚が成立し、同じ職場だったのが、細川めぐみは勤務先も変えて世田谷区池尻の大学病院に職場を移した。

元夫婦の違《たが》えた人生は、それ以後二度と交わらないはずだった。

逃亡していた三嶋が身柄を拘束されたのは、事件発生からおよそ三十二時間後の深夜だった。目黒《めぐろ》駅前交番に勤務する制服警官が、職務質問の相手が指名手配の男に酷似しているのに気づいたことが、逮捕に繋がった。三嶋は抵抗こそしなかったが、逮捕以来、ほとんど口を利いていないらしい。

筒井は自らを鼓舞するように肩を上下させ、背後の綿貫に声をかけた。

「行くぞ」

「はいっ」

扉を開くと、デスクの向こうで三嶋が顔を上げる。

乱れた髪、削《そ》げた頬を覆う無精ひげ、目の下をくっきりと縁どる隈《くま》。逃走の疲労を物語るような、くたびれた容姿だ。なのに瞳だけは、ぎらぎらと異様な生気を帯びて輝いている。

なるほどな、食わせ者の雰囲気がぷんぷん漂ってやがる――。

筒井は顎を上げ、被疑者に無遠慮な視線を降らせた。どすんと椅子に腰を下ろすと、腕組みをしてふんぞり返る。

背後で綿貫がノートパソコンを開く。

三嶋はそわそわと周囲を見回して、落ち着かない様子だった。完全黙秘を貫こうとする強靭《きょうじん》な決意も、取調官への敵意すらもうかがえない。

この男になぜ楯岡が手こずったのかが理解できないが、決着が早いに越したことはない。筒井は内心で拍子抜けしながら、デスクの上で手を重ねた。

「だいぶお疲れの様子じゃないか。おれは捜査一課の……」

すると三嶋は、慌てたように両手を振った。

「なんだ」

筒井が顔をしかめると、手の動きは大きく、早くなる。

「なにがいいたい。おまえ、なにを慌てて……」

今度は両手の平をこちらに向け、かぶりを激しく振って遮ってきた。

いったいなんなんだ――。

舌打ちが漏れた。椅子の背もたれに身を預け、引き気味で観察する。

三嶋は自分の唇の前で人差し指を立てている。黙れということらしい。さっきからのジェスチャーも同じ意味だと想像はできたが、意図が理解できない。

だが、知ったことではなかった。

「取り調べを始めるぞ。おれは捜査一課の」

激しく椅子を引く音が、自己紹介を遮る。

次の瞬間、筒井はぎょっとしてのけぞっていた。腰を浮かせた三嶋が、両手で口を塞《ふさ》ごうとしてくるのだ。

「おいっ、なにしやがる！」

払いのけた拍子にバランスが崩れた。椅子ごと後ろに転倒し、視界に星が瞬く。

「だ……大丈夫ですか。筒井さん！」

左手で後頭部をさすりながら、駆け寄ろうとする綿貫に右手を上げた。

正面に視線を戻すと、三嶋はやはり人差し指を唇の前に立てていた。ふざけているふうではない。それどころか、眼差しには懇願するような必死な光が宿っている。

「いいたいことがあるんなら、はっきりいえ」

反応はない。怒りと惨めさで顔が熱くなった。

「無視してんじゃねえっ！」

デスクの脚を蹴ってみても、視界の端で綿貫の両肩が跳ねただけだ。

「なんなんだてめえは……畜生っ」

胸ぐらを摑んで恫喝してやりたい衝動と懸命に戦っていると、三嶋が見えないペンでさらさらと空になにかを書いた。筆記具をよこせということか。

要求を飲むのは癪《しゃく》だったが、このままでは埒《らち》が明かない。筒井はむっとしながら、デスクの天面にメモ用紙とボールペンを滑らせた。

合掌しながら筆記具を受け取った三嶋が、メモ用紙にペン先を走らせる。

返ってきたメモ用紙に書かれた文字の意味が、一瞬理解できなかった。

やがて遅れてきた驚きが声になった。

「はあっ？　なんだこりゃ」

視線を上げると、三嶋はやはり唇の前で人差し指を立てている。

筒井はデスクの上に置いてあるファイルを手繰り寄せ、開いた。捜査資料が綴《と》じられたもので、直前に行われた楯岡による取り調べの記録も含まれている。

被疑者・三嶋と取調官・楯岡、記録員・西野それぞれの氏名と、取調室への入退室時刻が記されたのみの、白紙の供述調書。完全黙秘を貫く被疑者に手を焼いた結果だとばかり思っていたが、違うらしい。

三嶋が差し出したメモ用紙には、こう書かれていた。

――この会話は、盗聴されている。取り調べは筆談で。

気づけば筒井の左上まぶたは痙攣していた。

2

「あ、はい……はい。了解しました。ご報告どうもありがとうございます」

やたらと弾《はず》んだ調子で電話を切った西野が、にやにやとしながらこちらを向いた。

「僕らのときと同じですね。会話が盗聴されていると主張しているらしいです」

「それで、筒井はどうしたって？」

楯岡絵麻は手でひさしを作りながら訊いた。三宿署の捜査本部を出るときには柔らかかった日差しが、鋭さを増している。やはり外回りは苦手だ。脚はむくむし日に焼ける。取り調べを降りた選択を、早くも後悔し始めていた。

「筆談での取り調べを続行しているらしいです。取調室に入る前には張り切ってたけど、途中経過を報告に出てくるときには、わかりやすくテンションが落ちていたそうですよ」

「そりゃそうよね。まともな会話が成立しないんだから。いくら筒井でも少し同情するわ。なにしろ殺そうとしたのではなく、元奥さんの身体に埋め込まれたマイクロチップを取り出そうとしただけ……だもの」

西野が愉快そうに肩を揺する。

「ですね。そもそも被害者の細川めぐみさんが離婚を切り出したのだって、マイクロチップに操られていただけで、細川さんの意思ではなかった、ですから」

「その上、このところ細川さんと良い雰囲気になっている男性も政府のスパイで、細川さんを操ろうとしている」

「本当にそう信じているんなら、ギネス級のポジティブさですよ」

「キャバ嬢の営業トークを真に受けて有頂天になるあんたとタメ張るぐらいのポジティブ・シンキングじゃない。で、どうなの最近。あんたを竹野内豊に似てるっていってくれた新宿のユイちゃんとは」

さっと笑顔が消えた。社交辞令を真に受けて告白してみたら、あっさり振られたパターンか。武士の情けで突っ込まないことにする。

「ま、いいわ。被疑者の取り調べは筒井先輩に任せましょう。それで、どっちの方角に行けばいいの」

「少々お待ちください」

西野がスマートフォンの画面に地図を開き、目的地を確認する。

二人がいるのは、狛江駅前のロータリーだった。

駅から十分ほど歩いて、三嶋の自宅に着いた。

赤い屋根が鮮やかな、二階建ての木造一戸建て家屋。小さいながら庭もついている。門扉の前には制服警官が立っていた。

「独りで住むには少し大きすぎますね」

西野が憐《あわ》れむ目つきになる。

「しかし楯岡さん。いまさら三嶋のガサ入れなんかして、どうするつもりですか？証拠になりそうなものはとっくに押収してるはずですが」

「本部のガサ入れとは、目的が違うから」

「その違う目的ってのは……」

数秒間見つめ合った後で、諦めたように肩をすくめる。

「後のお楽しみってわけですか。いつもながらの」

「そういうこと」

絵麻は茶目っ気たっぷりに人差し指を立てる。手袋と靴カバーを着け、制服警官が立ち入り禁止の規制テープを剝がしたところから敷地に入った。

短いアプローチを歩いて玄関の前に立つと、すぐに異様さに気づいた。玄関だけで防犯カメラが三台も設置されている。それだけではない。扉にはいくつもの鍵が取りつけてあり、開錠するだけで一仕事だ。

ようやく扉を開いて中に入ると、今度は廊下に散乱する物が進路を塞いでいた。

「なんですかこれ。やばいぐらい散らかってますね」

「あんたの部屋も似たようなもんでしょ」

「そんなこと……」

反論はできないようだった。

爪先立ちで足もとを探りつつ、家じゅうを歩き回る。雨戸が閉められていたり、雨戸のついていない窓にはベニヤ板が打ち付けられていたりと、自然光が完全に遮断されていて、昼間だというのに照明を点《つ》けないと部屋の様子がまったくわからない。

二階の部屋の窓枠に沿って貼ってあるビニールテープを指でなぞりながら、西野が感心したように口笛を吹く真似をする。

「ご丁寧に目張りまでしてあるんですね。徹底してるな。三嶋は本気で、自分が何者かに見張られていると思い込んでいたんでしょうか」

「監視されている。盗聴されている。操られている。三嶋に見られるのは、被害妄想に基づく典型的な統合失調症患者の行動ね」

「えっ……統合失調症？　それってまずくないですか。もしも正式に診断が下れば

「……」

絵麻は頷いた。

「三十九条の心神喪失者。一〇〇%、不起訴になる」

心神喪失者の行為は罰せず、心神耗弱者《こうじゃくしゃ》の行為は刑を減免すると定めた刑法第三十九条については、思い出さずにいられない事件があった。

小平《こだいら》市女性教師強姦《ごうかん》殺人事件。

絵麻が刑事を目指すきっかけであり、警視庁入庁以来、独自に捜査を続けてきた事件だった。三か月前、ついにその犯人を逮捕寸前まで追い詰めたのだ。

ところが、思わぬところに犯人逮捕を望まない人物がいた。

小平山手《やまて》署のベテラン刑事、山下《やました》だった。事件発生当初から捜査本部に参加し、唯一の専従捜査員として刑事生活の大半を小平事件に捧《ささ》げた山下は、絵麻にとってもっとも信頼の置ける同志のはずだった。だが山下は、犯人に恨みを持つ男を焚《た》きつけて、犯人を殺害しようとした。刑法第三十九条により、犯人の刑が減免されるのを恐れた結果だった。

逮捕・立件されて公判中の山下は現在、東京拘置所に勾留《こうりゅう》されている。保釈請求すらせずに、弁護人以外との接見も拒み続けているらしく、絵麻もいまだに会うことができていない。

「なんだよ……またそれかよっ」

悔しそうに空を殴る西野に背を向け、絵麻は床の上に形成された山脈を眺めた。

「この家、なんだか変だと思わない？」

「なんですか急に……」

まだ不機嫌さを残しながらも、西野は答えた。

「もちろん変です。変に決まってるじゃないですか。罪を償う責任能力すらも認められない男が、一人暮らししていた家ですよ」

「そういう先入観抜きに見ても、変じゃない？」

「どういうことですか」

「なにも感じなかった？　この家の玄関に入ったときに」

西野が顎を触りながら、黒目を左右に動かす。

「なにって……たしかに散らかっているとは思いましたけど、それ以上はなにも」

「それ自体が変だとは思わない？　散らかっていると思っただけで、それ以上はなにもない。すんなり家の中に足を踏み入れ、その後もなんの抵抗も感じることなく歩き回ることができた」

しばらく沈黙が続いた後、ぱしんと手を打つ音が響いた。

「臭いだ！　臭いがしませんでした！」

「そう。普通はこれだけ生活が乱れていれば、玄関の扉を開けたとたんに、中に入るのを躊躇《ためら》うほどの異臭がするはず。なのにあんたは……そしてもちろん私も、散らかっているといいながらも、鼻をつまむことも、臭いに顔をしかめることもせずに家の中に入った。その後、この家じゅうを歩き回っても、臭いが気になる場面は一度もなかった」

「たしかにそうだ。ここまで散らかっていなくても、男友達の部屋なんかだとけっこう臭いがすることがありますからね。なのにこれだけ散らかっている部屋で、異臭がしないのは不自然です」

「さすがくさい部屋のベテランだけあって、察しがいいわね」

西野は頰を強張らせたが、理由を知りたい心理が勝ったらしく、すぐに真顔に戻った。

「それで、この家が臭わないことがなにか？　事件に関係あるんですか」

「わからない？」

絵麻は足もとに膨らんだ衣類らしき小山から、一番上に見える布を引っ張った。布同士が絡まって取り出すのに苦労したが、やがて抜き出したそれを広げて見せた。

白いワイシャツだった。両肩の部分を持ってぴんと張っても、無数にできた細かい皺は消えない。

「どう？」

「ちょっと僕には小さすぎると思います。それに安月給とはいえ、おっさんのお古はちょっと……」

「なにいってんの。そういうことじゃなくて」

嘆息が漏れる。

「私がこのシャツを取り出すところ、見てた？」

「もちろんです。服同士が絡まって、取り出しにくそうでした」

「それ以外になにか気づいたことは？」

ほかの服を手にして「これと、これと……それにこれも」とわざと乱雑に放り投げた。だが西野はぴんと来ないようだ。

絵麻は周囲を見回し、数メートル先に落ちていた雑誌を手にした。医学雑誌らしい。発行日は十年近く前になっており、表紙などは年月相応に傷んでいる。

雑誌を手渡された西野は、不思議そうに瞬きを繰り返した。

「これが、いったい……？」

絵麻は無言で雑誌の表紙を撫で、手の平を見せる。

あっ、と声が上がった。

「そうか。埃《ほこり》が積もっていないんだ」

「その通り」

「さっき楯岡さんがそこらへんに落ちている服を乱暴に扱っているときも、埃があまり立っていませんでしたね」

「そういうこと。臭いもしないし、埃も積もっていない。それが一見するとごみ屋敷のように思える、この家の違和感の正体」

「いわれてみれば、足の裏もほとんど汚れていないな」

靴カバーに覆われた自分の靴底を確認していた西野が、はたと動きを止めた。

信じられないといった眼差しを受け止め、絵麻は顎を引く。

「異臭もなく、埃すら積もっていないということは、この家はごみ屋敷化してから間もない。散らかされてから、せいぜい数日といったところじゃないかしら。埃の堆積《たいせき》状況を見る限りでは、おそらくそれ以前まで、この家はいたって清潔に保たれていた。つまり三嶋は、ごみ屋敷を作ったのよ。自宅をごみ屋敷にした上で、元奥さんを襲った。この家は乱れた生活の末にごみ屋敷になったのではなく、乱れた生活を送っていたように見せかけるための演出に利用された」

狙いはいうまでもない。刑法第三十九条による不起訴処分あるいは無罪判決だ。統合失調症となれば、法による責任能力を問うことはできない。指定入院医療機関へ入院し、長くても数年で自由の身となる。

重大な判断だけに、精神鑑定で統合失調症という結果が出るケースは多くない。ただ、診断は問診と観察、周辺への聞き取りによって行われるので、明らかに統合失調症であった、という客観的状況を作り上げることはできる。そこにまで作為の存在を疑う精神鑑定医は、まずいない。

ごくりと上下する西野の喉仏《のどぼとけ》を見つめ、絵麻は頷いた。

「詐病よ。三嶋は統合失調症を装っている」

3

「もうやめようじゃないか」

筒井はうんざりとした顔で、デスクの天面を叩いた。

一心不乱にペンを走らせていた三嶋が顔を上げる。

「盗聴なんてされてない。ここをどこだと思ってるんだ。天下の警視庁だぞ。どこに盗聴器を仕掛けられる？　え？　答えてみろ。どこだよ。どこに盗聴器が隠されているんだ」

両手を広げると、三嶋がなにかを書き始めた。メモ用紙をちぎり、差し出してくる。

頭の中——そう書いてあった。

「頭の中って、あんたのか」

三嶋は顔を左右に振って否定し、ボールペンで筒井を差した。

「ふざけんな。なんでおれの頭の中に盗聴器が仕掛けられてるんだ。だいたい誰がそんなことを……」

ふたたびペン先が紙を滑る音がして、筒井はいらっとなった。

この回りくどいやりとりは、いつまで続くのか。時間がかかったとしても、有益な供述が引き出せるのならかまわない。だが三嶋の主張はどれも支離滅裂で、まったく筋の通らないものばかりだった。まるで禅問答——いや、そんなかわいいものじゃない。異星人との会話だ。

「いい加減にしろ。盗聴器なんてないんだよっ」

強引に筆記具を奪い取った。メモ用紙には「政府」という単語を書きかけた形跡があった。誰が盗聴器を仕掛けたのか、という質問の答えだろう。

メモ用紙をくしゃくしゃに丸め、壁に向かって投げつけた。

「なにが政府だ！　馬鹿馬鹿しい」

三嶋がおろおろと視線を泳がせる。

筒井は手の平をデスクに叩きつけた。

「いいか。よく聞け。盗聴なんてされていないし、盗聴器なんてない。あんたの頭の中にも、もちろんおれの頭の中にもな。かりにあったとしても、そんなものは関係ない。政府だろうが秘密結社だろうが宇宙人だろうが、糞食《くそ》らえだ。これはおれの取り調べなんだ。この取調室の王様は、おれなんだよ。わかるか。あんたが気にしなきゃならないのは政府じゃない。このおれの顔色だ」

筒井は自分を指差したが、三嶋はなおも筆記具を求めてくる。

「いい加減にしろ！　茶番に付き合うつもりはない」

手を叩き落とした。

筒井は天を見上げ、「政府」を挑発する。

「おう政府とやら！　おれのことを監視してるんだろう。だったらここに踏み込んできてみろ！　早く止めないと、こいつの口を割らせて、大事な機密を聞き出しちまうぞ」

小刻みに震えていた唇が、ようやく言葉をこぼした。

「やめろ……」

「おう。やっと喋《しやべ》ったな。口ってのは、そうやって使うもんなんだよ。ったく……手間取らせやがって」

「やめてくれ。頼むから、黙ってくれ」

「おれに指図するなんざ百年早いんだ。まずは犯行を認めろ。二日前の午後六時ごろ、あんたは元妻である細川めぐみさんの仕事終わりを待ち伏せて、包丁で刺した。このところ細川さんに親しい男性ができたのを、あんたは許せなかったんだ。殺すつもりだったんだろうが、たまたま通りかかった大学生がラグビー部所属の屈強な男だったのは、ついてなかったな。背後からタックルを受けて弾き飛ばされたあんたは、細川さんにとどめを刺すことができないまま逃走した」

「やめろ。消されるぞ……」

三嶋ががたがたと全身を震わせ始めても、筒井はやめなかった。

「細川さんはあんたに刺されたと証言している。目撃者の大学生もあんたの顔を見ている。事件発生直前に電車から降りて現場の方向に歩いているあんたの姿が、駅の防犯カメラに捉えられている。おまけに事件の三日前、あんたの自宅に近い狛江のスーパーで、あんたが包丁を購入したという記録が残っている。これで犯行を否認するとは、いったいどういう了見だ。いや、完全に犯行を否認してるってわけでもないよな。あんたは細川さんを包丁で刺した事実は認めている。だがそれは、傷害や殺害の意図があったわけじゃなく、細川さんの体内に埋め込まれたマイクロチップを取り出そうとしただけだと主張している。細川さんを処置した医師によると、刺された場所があと数ミリずれていれば、大動脈が切断され、生命に危険が及ぶ恐れもあったほどの重傷だそうじゃないか。それで殺意がないだと？」

三嶋が顔面蒼白《そうはく》で立ち上がった。

「いい加減にしろ！　なんでそんなにペラペラと……消されるぞ！」

「消されねえよ。消せるもんなら消してみろ。盗聴なんてされてないし、政府はあんたやおれのことを見張ってないし、あんたの別れた女房の身体にマイクロチップなんて埋め込まれていない。そしてあんたは未練たらしく別れた女房に付きまとって、復縁が叶《かな》わないと見るや相手の女を刺し殺そうとする、クズみたいな男だ」

筒井は被疑者を睨み上げた。

「やめろっ」

「やめねえ。あんたが犯行を認めて、洗いざらい喋るまではな」

「やめろっ。やめろやめろやめろやめろっ」

三嶋は両手で自分の髪の毛を掴んだ。苦しげな呻《うめ》きを漏らしながら、痛みに悶絶《もんぜつ》するように身体を右に左にとひねる。

「やめろ……やめろ。やめてくれ……おれが悪かった……」

「……なにをいっている」

三嶋は首筋に何本もの血管を浮き立たせ、苦悶する。眼が血走り、やがて唇の端には泡が噴き出し始めた。尋常でない様子だ。

「おい、大丈夫か……三嶋」

さすがに不安になってきた。なにかの発作が起こっているのだろうか。

ところが。

筒井が追及を緩めようとしたそのときだった。

「許してくれ……殺すつもりじゃなかったんだ……」

自供が始まる——？

ちゃんと記録しているだろうな。筒井は綿貫と確認の目配せを交わした。

立ち上がり、デスクに手をついて前のめりになる。

「殺すつもりじゃなかったって、誰をだ？　誰を殺すつもりじゃなかったんだ？」

「すまない……おれが悪かった。ごめん……本当に、ごめん……」

三嶋の顔が真っ白になり、がくがくと首が前後に揺れ始める。これ以上は危険か。頭の隅で警報が鳴るのを聞きながら、しかし筒井は続けた。

「おい、三嶋。しっかりしろ！　悪かったってなんのことだ！　あんた、誰になにをしたんだ！」

「殺すつもりじゃなかった……見張られているっていったのに、おまえがいうことを聞かないから」

「ああ。わかってる！　あんたに悪気がなかったのは！　それで、相手は！」

「許してくれ、花凜！」

なんだって――？

三嶋は白目を剝《む》いて昏倒《こんとう》した。

助け起こしに向かうことすらできずに、呆然《ぼうぜん》とその場に立ち尽くした。顔をひねると、綿貫が目を丸くしている。自分も同じ表情をしているのだろうと、筒井は思った。

4

「本当ですか？」

突然の大声に、客の視線が集中する。

恥ずかしさに肩をすくめたのは絵麻だけで、当の西野は自分が大声を出したことすら気づいていないようだ。スマートフォンを手に話し込んでいる。

町田駅前のコーヒーショップだった。二人は小さなテーブルを挟んで向かい合っている。

途中で「本当ですか」「間違いないんですか」と念を押すように何度も訊き返しながら五分ほど話した後、西野はスマートフォンを下ろした。信じられないといった表情が、こちらを見る。

「どうしたの」

「三嶋が、花凜ちゃん殺害をほのめかすような供述をしたらしいです」

絵麻の絶句を誤解したらしい。説明しようとする。

「三嶋の娘ですよ。三年前の狛江市少女殺害死体遺棄事件のガイシャで――」

絵麻は手を払って遮った。

「知ってるわ、そんなの。それ、本当なの？」

電話中の西野と同じ反応だった。

「僕もそう思って何度も確認しました。三嶋はなにかの発作のような症状を起こして、いまは医務室で休んでいるようですが、体調を見て、今後は狛江事件についても追及するとか」

「ありえない……」

三嶋は刑から逃れるために、統合失調症を装っている。だとすればほかの罪の嫌疑がかかるようなことを、自ら喋るはずがないのだ。

「三嶋が本当に統合失調症だという可能性はないんですか」

西野は細めた眼に、かすかな疑念を浮かべた。無理もない。三嶋が詐病を用いているという絵麻の見立てが誤りであれば、辻褄《つじつま》が合う。

だが絵麻には確信があった。一時間ほどしか接していないが、あれほどマイクロジェスチャーが頻出すれば、一時間でじゅうぶんだ。

取り調べでの三嶋は、話の通じない人間を懸命に演じていた。

それでも三嶋の演技は、一般の人間を欺ける程度には巧みだった。けっしてその場しのぎの思い付きでなどではなく、取り調べにそなえて訓練を重ねてきたのだろう。症例を調べたり、あるいは精神科の入院患者を観察したりもしたのではないか。

犯行が露見しないための、あるいは警察に逮捕されないためのそなえではない。逮捕されることを想定した上で、なお罰せられないための入念な準備を、三嶋は行ってきた。

立件するのは簡単だ。取調官は誰でもいい。だがその後の公判では、間違いなく責任能力の有無が争点になってくる。

公判を有利に進めるためにも、取り調べ段階で詐病を認めさせ、勝利を確固たるものにしておく必要があった。

記憶の反芻《はんすう》を終えるころには、自信が戻っていた。

絵麻は断言した。

「ない。三嶋の統合失調症は、詐病よ」

「だけど、それなら目的は不起訴ですよね。ほかの犯行もほのめかしたら、せっかくの努力が水の泡になっちゃいますよ」

「もしかしたら、目的が別のところにあるのかもしれない」

「ほかになにがあるっていうんですか。わざわざ精神病を装って」

西野があきれたように両手を広げる。

「だけどさっきまでは、あんただって、たしかに三嶋は詐病かもしれませんねって納得してたじゃない」

「それは……そうですけど」

気まずそうに唇を歪めた。

「思い出してごらんなさいよ。さっきまでの聞き込みを。不自然な点がいっぱいあったでしょう」

西野は唇をへの字にし、低い唸《うな》り声を漏らした。

三嶋邸の家宅捜索を終えた後、絵麻と西野は近隣住民に聞き込みをした。

病院を辞めた二か月前あたりから、あまり三嶋の姿を見かけなくなったという者が多かった。たまに見かけてもただならぬ雰囲気に声をかけることができなかったと気味悪がる者もいたし、挨拶しても上の空で返事がなかったと憤慨する者もいた。隣家の住民は、ときおり三嶋邸から甲高い奇声が聞こえたという。あんなに感じのいい人だったのにと、しきりに気の毒がっていた。

次に二人は、三嶋が勤務していた町田市の総合病院を訪ねた。

三嶋は同僚たちからは医師としても、人間としても評価されていたようだ。仕事熱心で患者からの信頼も厚い医師という評判だった。外科医としての手術の腕もたしかで、三嶋を目標とする医師も多かったらしい。

それだけに、三嶋の退職は多くの同僚にとって青天の霹靂《へきれき》だったという。三嶋は退職理由を一身上の都合とだけ説明していた。どうして急に、と首をひねる同僚たちの様子を見る限りでは、少なくとも周囲が精神疾患を疑ったり、また三嶋自身が誰かに相談するといった前兆はなかった。

三嶋が統合失調症だとすると、医療関係者にまったく異変を悟られないほど早期の段階で仕事を辞めてから、たった二か月後には妄想に憑《つ》かれて元妻を刺傷するほどにまで、急速に症状が悪化したことになる。

ところが被害者の細川めぐみによると、三嶋のストーカー行為が始まったのは、二か月ほど前かららしい。近隣住民もそのころから三嶋の奇行を目撃しているから、三嶋の統合失調症は、職を辞した直後にはすでにかなり重度だったという推測ができる。直前まで一緒に働いていた同僚たちがまったく異変を感じていないことを考慮すると、それは明らかにおかしいのだ。

加えて、異臭も埃もない不自然なごみ屋敷の問題がある。かりに三嶋の病気が、退職した翌日に都合よく重症化したとする。そうすれば元妻へのストーカー行為や徘徊《はいかい》、奇声を発するなどの奇行もなんとか説明がつく。だがごみ屋敷だけは説明がつかない。三嶋邸の内部がごみ屋敷のようになったのは、長く見積もってもせいぜいここ一週間以内だ。

しかし三嶋の統合失調症が詐病だとすれば。

元妻の殺害を決意した三嶋は、仕事を辞め、精神鑑定で統合失調症という結果が出るように伏線を張ってきた。それが近隣住民の目撃した奇行であり、元妻へのストーカー行為だ。おかしな人間だったという周囲の証言が集まるほど、不起訴になる確率は増す。

しかし三嶋はあくまで統合失調症のふりをしているだけで、統合失調症ではない。だから他人から見えない部分にかんしては、犯行に臨む直前まで工作を行わなかった。それが異臭も埃もないごみ屋敷だ。

「三嶋は精神を病んでなんかいない。犯行当時も、いまも」

「そう……なんですか？」

まだ疑わしげな西野を叱咤《しった》するように、力強く頷く。

「そうよ。それだけは間違いない」

三嶋は統合失調症ではない。詐病だ。

だがそれ以外の部分については、根本的に見方を変える必要があるのかもしれない。過去の犯行をほのめかしている以上は、当初考えていた不起訴が目的ではない。目的が違う以上、犯行の動機から見誤っているかもしれない。たんに元妻への嫉妬や独占欲からの犯行ではないということか。

わからない。三嶋がいったい、なにをしようとしているのか。

そのとき、ふたたび西野に電話がかかってきた。話しぶりで、捜査本部からの報告だとわかる。

「本当ですか？」

大声で訊き返す反応が先ほどと同じで、嫌な予感がした。

案の定、よくない報《しら》せだった。

「三嶋には統合失調症と診断され、治療を受けていた過去があるそうです」

「どこで」

「池袋《いけぶくろ》のクリニックです。なんでも二か月前から二度ほど通院したものの、勝手に治療をとりやめて、姿を見せなくなったとか。それで弁護人が、取り調べ中止を要求してきたという話です」

「ふうん……」

無関心を装う唇の端に、不自然な力がこもった。

「驚かないんですか。ちゃんと診断が出てるんですよ」

「診断といっても、町医者でしょう。精神科のクリニックなんて、ほとんどが患者のいい分を鵜呑《うの》みにして薬を出すだけじゃない」

想定内ではある。だが、感心するほどに周到な工作だ。投薬を中止したために陽性症状が現れ、暴力行為に及ぶというストーリーには、あまりに説得力があった。その時点から詐病であったなど公判で主張しようものなら、検察は笑いものになるだろう。

テーブルに肘をつき、両手の指先同士を触れ合わせる。

だがほどなく指先同士は互いを支え切れなくなり、『尖塔のポーズ』は崩れた。

5

「いやあ、まさかあんな展開になるとは思いませんでした」

隣を歩く綿貫の揉み手が、昨日よりいちだんとせわしなくなっている。

「それじゃおまえ、おれがなんの考えもなしにマルヒをどやしつけてると思ってたのか」

実際には結果オーライだが、そんなことはおくびにも出さず、筒井は得意げに鼻の下を指で擦った。こんなに気分が良いことはない。

「まさか。そんなわけないじゃないですか。もちろん筒井さんにはなんらかの計算があるだろうと踏んでいましたけど、それがどういうものなのか、僕には想像もつかなかったんです。天才の考えることは、凡人には理解できませんってば」

「調子のいいこといいやがって……なんも出ねえぞ」

「あらためてなにかをいただく必要はありません。男は背中で語るんです。筒井さんのその広い背中を見ているだけで、僕にはじゅうぶんです」

「馬鹿野郎が」

二人は取調室に続く廊下を歩いていた。

あれから一夜。昨日の取り調べは思いもよらない成果をもたらした。

三嶋から、自分の娘を殺害したらしき発言を引き出したのだ。安定した精神状態での発言ではなかったが、だからこそうっかり口を滑らせ、秘密を漏らしてしまうこともありえるという筒井の主張には、上層部も納得したようだった。現状の『池尻路上女性刺傷事件』はもちろんのこと、三年前の『狛江市少女殺害死体遺棄事件』についても、折を見てつついてみろという指示が与えられた。

そもそも狛江事件については、父親による犯行の可能性も検討されたことがあったらしい。被害者の三嶋花凛ちゃんは失踪から一週間後に遺体で発見されたが、検死の結果、失踪後ほどなく殺害されていたことがわかった。失踪地点は父親と二人で出かけた多摩川《たまがわ》河川敷近くの公園で、父親が目を離したわずかの間に忽然《こつぜん》と姿を消したと報告されている。その前後、付近で不審者の目撃情報などはない。遺体の発見場所は、失踪地点から五百メートルほど離れた河川敷の土中だったが、殺害は別の場所で行われ、遺体をバラバラに切断した後で運んだようだ。

まったく疑わしい存在がない。だから、最後まで一緒にいた父親を疑うしかない。犯人の足取りを摑めない捜査本部の焦りと混乱が、三嶋への疑いに繫がったと見てとれなくもない。

結局は漠とした疑念だけで被害者遺族を犯人扱いするわけにもいかず、可能性は可能性のままで自然消滅したようだ。

筒井はぎゅっと目をつぶり、目頭をつまんだ。当時の捜査資料を夜中じゅう読み耽ったせいで目がしょぼつくが、眠気は感じない。眠いなどといっていられるものか。

これほどの重大事件の取り調べに携わることができる機会は、刑事として一生に一度あるかないかだ。

狛江事件は発生当時、連日マスコミで取り上げられ、話題性も注目度も影響力も高い。警視庁の慣例から考えると、取調官に指名されるのは最低でも警部補クラス。

それか、エンマ様……。

「そういえばエンマ様」

綿貫に心の声を聞かれた気がして、ぎくりとした。

「なに、楯岡がどうした」

「いや……昨晩の捜査会議で、おかしなことをいってましたね」

「ああ、あのことか」

思い出すだけで気分が悪い。なぜあそこまでして、他人の足を引っ張ろうとするのか。

楯岡は捜査会議で被疑者の詐病を主張した。

三嶋は統合失調症のふりをしているというのだ。

不起訴処分狙いだと思っていたが、花凜ちゃん殺害をほのめかした以上は、どうやら違う。警察の眼を三年前の狛江事件に向けることに、なんらかの隠された意図があるに違いない。だから三嶋の話を鵜呑みにするのではなく、狛江事件を探るにしても慎重になる必要がある。

それが楯岡のいい分だった。詐病とは、まったくもって現実味のない話だ。ただ、刑事部長ご執心のエンマ様の意見だけに、列席した幹部連中も無視するわけにはいかなかったようだ。最終的には筒井と楯岡、両名の主張を頭に入れながら捜査に臨むべしという曖昧きわまりない方針を打ち出して、散会となった。筒井の挙げた成果に、見事に味噌《みそ》をつけられたかたちだ。

「ハッタリに決まってる」

それ以外に考えられない。三嶋が統合失調症であるのは、筒井としてもおもしろくはない。数ある精神疾患の中でも、刑法第三十九条の影響をもっとも受けやすい。あらためて精神鑑定を行うことになるだろうが、そこで統合失調症という診断が出た時点で、不起訴は決定的となる。それでも、未解決事件の犯人を明らかにすることの意義は大きい。警察の威信を保ち、市民に安心を与えることができる。

「ハッタリ……ですかね」

綿貫の自信なさげな態度に、かちんときた。こいつはいつも楯岡の名前が出たとたんに弱腰になる。しっかり手綱を引き締めておかないと、いつの間にか『楯岡支持派』に懐柔されていそうな頼りなさだ。

「ハッタリに決まってんだろうが」

つい威圧的な口調になった。綿貫が怯えたように眉を下げる。

あいつには邪魔させない。

三嶋はおれが、必ず落とす——。

筒井は取調室の扉のノブを握り、景気づけにふんと鼻息を吐いた。

6

絵麻と西野は池尻の大学病院に来ていた。被害者である細川めぐみの入院先であり、勤務先だ。

絵麻は受付で教えられた病室の扉をノックする。

「はい」と落ち着いた雰囲気の女の声が応じた。

扉を開けて入室すると、水色の入院着をまとった中年女性が、ベッドの上で上体を起こそうとしていた。ノーメイクで血色が悪い上に、髪が痩せてべったりとしているが、声の印象と同様に上品な空気をまとっている。

「どうかご無理なさらないで」

絵麻は早足で駆け寄り、めぐみの肩に手を添えた。自然な流れで相手の密接距離に侵入したので、好感を与えることができただろう。

「いえ。大丈夫です。痛み止めが効いてきたので、少しぼうっとしてますけど……ところであなた方は」

「はじめまして。警視庁捜査一課の楯岡です」

「西野です」

不安そうに見上げる視線に、笑顔で応じた。初頭効果を利用して好印象を植え付ける。さすがにまだめぐみからのミラーリングはないが、そのうちに引き出せるはずだ。

「刑事さん……ですか。事件のことについては、何度かお話ししましたけど」

「同じ内容を何度もお話しさせてすみません。繰り返し思い出そうとするうちに、気づかなかったことに気づく、ということもありますし。それほど時間はかかりませんので、捜査にご協力いただけませんか」

「かまいませんが……」

「ありがとうございます。では少しだけ失礼します」

絵麻は丸椅子を引いて、ベッドの横に座った。絵麻に並んで西野も座る。

幸いなことに、労せずしてめぐみと斜めに向かい合って会話するかたちとなった。

反対意見を持つ者同士は対面の席に座る傾向があり、対立しやすいという現象を、心理学用語でスティンザー効果と呼ぶ。これを応用して正対を避け、斜《はす》向かいに座ることで、同調を演出することができるのだ。

「すごく綺麗《きれい》なお花ですね」

まずはベッドサイドのキャビネットに飾られた花を褒めた。

怪我人《けがにん》相手なので事情聴取にあまり時間をかけられないが、だからといって焦って用件を切り出すのも考えものだ。初対面の人物を相手にした緊張状態では、スムーズに記憶を呼び覚ますのが難しくなる。

一分ほどの軽い雑談を経由した後だった。

「事件のことについて、おうかがいしてもいいですか」

「どうぞ」

「思い出すのがつらいようでしたら、遠慮なくおっしゃってください」

「大丈夫です。ありがとうございます」

めぐみは小さく肩を持ち上げ、居住まいを正した。

「犯人に襲われたのは、細川さんが仕事を終えて帰宅する途中だったんですよね」

「そうです。午後五時過ぎに準深夜勤務の人たちに申し送りを済ませ、のんびり着替えて六時ごろに職場を出ました。そうしたら、あの人が待ち伏せていたんです」

「あの人というのは、三嶋裕貴のことですね」

「もちろんです」

「現場は国道二四六号線の近くですが、その場所自体は細くて人通りのあまりない道でした。病院から駅へ向かうには、ほかにも何通りかの行き方があります。どうして三嶋は、細川さんがその道を通ると知っていたのですか」

「尾《つ》けられたんだと思います。あの人が待ち伏せていたのは、それが初めてではありませんでしたし」

「初めてじゃなかったというと、何回ぐらいそのようなことが？」

　めぐみが左上を見る。

「ここ二か月で五回……ぐらいでしょうか。事件の日は六回目でした」

「最初に待ち伏せされたのは、二か月前だったんですね」

「ええ。ちょうどそれぐらいです」

「その五回の日付などは、正確に覚えていらっしゃいますか。思い出せる限りでかまいませんが」

　ふたたび左上を見ながら、めぐみが指折り日付を挙げていく。

　しかし三つまで挙げたところで、申し訳なさそうにかぶりを振った。

「ごめんなさい。それ以上はちょっと思い出せません。いまいった日付も正確かどうか……」

「かまいません。ありがとうございます」

それぞれの日付については、関心がなかった。すでにほかの捜査員が訊いたことだ。絵麻がたしかめたのは、めぐみの利き目だった。過去を思い出すときにきまって左上を見ているところからすると、どうやら左目がそうらしい。

「待ち伏せされて、怖いと感じたりはしなかったのですか。帰り道を変えようとか、警察に相談しようと考えたりは」

話の途中から、めぐみは顔を横に振っていた。

「怖いとは思いません。別れたとはいっても、夫婦でしたから。ただ哀《かな》しかっただけです」

「哀しかった……」

泣き笑いのような表情が顎を引く。

「おかしなことを口走って、まるで別人のようになったあの人を見ていると、あの人の中の花凜まで……娘までが死んでいくようで」

「三嶋の話の内容は、覚えていますか」

黒目が左上を見る。

「そうですね……私のことをマイクロチップで操られているとか、私が最近親しくさせていただいている末永《すえなが》さんという男性がいるんですが、彼のことはスパイだから近づくなといったりだとか……そういう感じのことです。ごめんなさい。そもそも話の内容がよく理解できないものですから、上手く説明できなくて」

「いえ。じゅうぶんです。その末永さんという男性と、細川さんは交際されているのですか」

「いろいろと支えていただいています」

めぐみははにかんだ様子で口もとを緩めた。

「末永さんと三嶋は、面識があったのですか」

「ありません。末永さんはこの病院に入院してらした患者さんの息子さんです。知り合ったのも半年ほど前ですから、あの人とはまるで接点がありません」

「ではどうやって、三嶋は末永さんの存在を知ったのでしょう」

「それは……私にはわかりません」

「二人でいるときに、三嶋とばったり会ったことなどは」

かぶりを振る仕草。

「ありません。こっそり尾けられていたときに見られた、といったようなことがあれば、私にはわかりませんが」

さっきからしきりに頬を撫でているのは、なだめ行動だろうか。やはり三嶋について話すのには、ストレスを伴うようだ。あまり話を長引かせては悪い。

絵麻は本題に入った。

「三嶋が精神科のクリニックに通院していたのは、ご存じですか」

「いえ。存じ上げません。ですが三嶋はおそらく、統合失調症ですよね。いま振り返ってみると、明らかにそうです。私たち夫婦が別れることになった原因も、そこにありますから」

驚きのあまり、呼吸が止まる感覚があった。

「二か月前よりもっと以前から、三嶋にはその兆候が見られたということですか」

「はい。三年前に花凜が亡くなる、少し前からです。最初は夜眠れなくなったようで、お仕事のプレッシャーのせいかな、ぐらいに思っていたんです。ところが妙に会話が嚙み合わなくなったり、急に怒り出したりすることが増えて、まるで別人と暮らしているように思えてきました。花凜が亡くなってからは私も誰かを支えてあげるような余裕はなくなったので、いい争いになることが増えて……それで、別居することにしたんです」

　黒目は左上。信じられない。

「ですが三嶋は、つい二か月前まで病院に勤務していました。しかも外科医として、手術まで行っていたようですが」

「別れた後で、あの人がどのような日常を送っていたのかまでは、私にはわかりません。私と別れるまでのあの人は、私から見ても病気という感じではなく、少し性格が変わった程度にしか思えませんでしたから——だからこそ話し合いで解決しようとして、結婚生活に疲れてしまったのですが。とにかく表面上は深刻な問題を抱えているようには見えなかったので、仕事は問題なくこなせたのかもしれません」

　そんな馬鹿な。三嶋の同僚はすべて医療関係者だ。精神疾患を専門にしている者もいる。誰一人として異変に気づかないなど、ありえない。

　めぐみは寂しげに目を伏せる。

「普通、統合失調症は二十代から三十代までに発症するケースが多いので、四十を過ぎて発症した三嶋の場合は遅発性統合失調症ということになるのでしょう。遅発性の場合は配偶者や家族の死などが引き金になるケースが多いといいますから、もしかしたら花凜のことも関係しているのかもしれません。本来なら、私がそばにいて支えてあげるべきだったんでしょう。ただ、いい訳するようですが、三嶋が統合失調症だと確信したのは、二か月前に私の前に現れてからなんです。明らかに言動がおかしくなっていて、そこに至って初めて、統合失調症を疑いました」

いったいどうなっている。なにを見落とし、なにを見誤っている。

絵麻は混乱の中から答えを探そうと、脳をフル回転させた。

めぐみが自分の胸もとにそっと手をあてる。入院着の襟口から、ガーゼがわずかに覗いていた。

「この傷……もしかしたら花凜が私を叱っているんじゃないかと、ここ数日、ベッドの中でずっと考えていました。あの子はお父さん子でしたから……あの人の心の病気に気づいてあげられず、あの人を見捨てて孤独にしてしまった私に、あの子が罰を与えようとしたんじゃないか、今回の事件はそういうことなんじゃないか……そう思えて仕方ないんです」

「そんなふうに！」

いきなり隣から声がして、絵麻はびくんと肩を跳ね上げた。

西野の上体が前のめりになる。

「そんなふうに自分を責めちゃいけません！　あなたはなにも悪くない」

「ちょっと西野」

横顔を睨みつけたが、無視された。

「お母さんに罰を与えようなんて、亡くなった子がそんなことを望むわけないですよ。前向きに生きて欲しい。自分がいなくなったことで、いつまでも暗い顔をして欲しくない。そう願うのが、子供ってものじゃあないですか。違いますかい？」

熱くなりすぎたのか、だんだん叩き売りの口上のような抑揚を伴ってくる。思わず吹き出しそうになったが、西野はいたって真剣だ。

「西野」

肩に置かれた手にも気づかない様子で、西野は続ける。

「僕は花凜ちゃんを直接は知りません。だから本当は、わかったふうな口を利ける立場じゃないのかもしれない。だけどお母さんならわかるでしょう？　花凜ちゃんがどんなに良い子だったのか。どんなにやさしい子だったのか」

西野の声が次第にうねり、瞳もうっすらと潤んでくる。会ったこともない子供によくもまあここまで感情移入できるものだとあきれるが、ここまで自信満々に断言されると圧倒されるのも理解できる。めぐみは頰を上気させ、西野の話に聞き入っている。

「どうですか。どうなんですか。花凜ちゃんはお母さんを傷つけようとするような、意地悪な子だったんですか。思い出してください。ちゃんと思い出してあげてください！」

すっかり空気に飲まれたらしく、めぐみが頷いた。

遠い目をしながら呟く。

「違う……あの子はそんなこと、望まない」

えっ――その瞬間、絵麻は自分の目を疑った。

「そうでしょう。天国の花凜ちゃんはお父さんとお母さん、両方に幸せになって欲しいと願っているはずなんです。今回の事件が、花凜ちゃんがお母さんに与えようとした罰だなんて、そんな残酷な考え方をしちゃあいけません。花凜ちゃんがかわいそうです。ですから――」

悪徳自己啓発セミナーめいた西野の演説は、その後十分ほど続いた。

「三嶋はやはり統合失調症のようですね」

駅への道を歩きながら、西野がいう。

「いいえ。間違いなく詐病よ」

「なにいってるんですか、楯岡さん。間違いを認めたくなくて意地になってるんですか。細川さんの話を聞いて、納得したでしょう。三嶋には以前から統合失調症の症状が現れていた。その上、医者の診断も出ているんです」

「意地になっているわけじゃないし、間違いを認めたくないなんてこともない。だって私は間違っていないから」

ぴしゃりというと、西野は閉口した様子だった。

やがて最寄り駅に到着した。

「待って」

駅に入ろうとする西野の袖を、絵麻は引いた。

「な、なんですか」

「ちょっとコーヒーでも飲んでいきましょう」

「かまいませんけど……いいんですか、サボってても」

「いいのいいの。たぶん仕事はもうすぐ片付くから」

困惑する西野に、絵麻はにんまりと微笑んだ。

7

筒井は腕組みでじっと待っていた。狛江事件の自供を引き出せるのなら、どんな茶番だろうと付き合う覚悟だ。

目の前では三嶋がペンを動かしている。

しばらくしてメモ用紙がデスクを滑ってくる。

筒井は乱れた筆跡を凝視した。

――盗聴されているというのに花凜が黙らないから、鉄棒の隣で遊んでいる黒髪の男はスパイだよと警告したのに信じないで白けた感じになるから、なんとか黙らせようとして口を塞いだ。

心臓が大きく跳ねた。

意味不明な部分もあるが、大意としては、黙らせようと口を塞いでいたら死んだ、と解釈できる。

「それで……」

思わず声を出してしまい、続く言葉を飲み込んだ。昨日のように取り乱させてはならない。はやる気持ちを抑えつつ、質問をメモ用紙に書いた。

――口を塞いでいたら、花凜ちゃんが息をしなくなったのか？

神妙に頷いた後で、三嶋も返事を筆記する。

――スパイが装置のスイッチを持っていたんだ。私はちゃんと花凜を黙らせていたのに、あいつがスイッチを押して花凜の心臓を止めた。

なんだこの身勝手ない い分は。

自らも一男一女の父である筒井は、三嶋を怒鳴りつけてやりたい衝動に襲われたが、ぐっと堪える。とにかく供述を引き出すことが先決だ。

――政府が花凜ちゃんを殺したんだな？

頷きが返ってくる。

――私は花凜の身体に仕掛けられた爆弾を探そうとしたが、時限装置で消滅するようになっていたらしく、身体のどの部分を探しても見当たらなかった。

遺体を損壊したということか。筒井は心臓が早鐘を打つのを感じた。

――あんたが遺体をバラバラにしたのか？　どこでやった？

――遺体ではない。爆弾を探そうとしただけだ。

――わかった。どこで爆弾を探したんだ？

――爆弾はなかった。時間が経ったら消滅するような仕掛けがあったなんて、気づかなかった。

微妙に嚙み合わない会話がもどかしかったが、辛抱強く筆談を続けた。

とにかく秘密の暴露だ。三嶋の話の辻褄が合うかどうかは、この際関係ない。犯人と捜査関係者しか知りえない秘密を暴露させることで、犯行の証明にはなる。

しばらく不毛にしか思えないやりとりが続いて、ようやく話の筋を戻した。

――わかった。爆弾はなかった。あんたは爆弾を探そうとしただけで、花凜ちゃんを殺したわけじゃない。だがどうして、花凜ちゃんを放置した？　あんたの娘だろう。

――放置したのではない。復活させようとしただけだ。政府が邪魔をしなければ、花凜は復活していた。

――どうしたらバラバラになった人間を復活させることができる？　教えてくれ。

三嶋は目の前の刑事の真意を推し量るように目を細めた。筒井はできるだけ真摯さが伝わるように真っ直ぐ見つめ返し、頷く。

やがてふたたびペン先が紙を滑る音がした。

――穴を掘って、塩を撒《ま》く。そこにバラバラになった身体を並べ、土をかけて待つんだ。

全身の産毛が逆立つのを感じた。

花凜ちゃんのバラバラ死体が発見された河川敷の土からは微量の食塩が検出されていると、徹夜で読み込んだ捜査資料に記されていた。

そしてそれは、マスコミに公表していない事実だった。

秘密の暴露だ。

8

先ほど帰ったばかりの刑事たちの再訪に、めぐみは驚いた様子だった。

「どう、なさったんですか……」

「すみません。あらためておうかがいしたいことがありまして。少しだけよろしいですか」

「かまいませんけど……」

絵麻はベッドサイドに向かい、そそくさと丸椅子を引き寄せた。不承ぶしょうといった様子ながら、西野も隣に腰を下ろす。

「それで、いったい……」

不安げなめぐみに微笑を返すと、絵麻は腕時計に視線を落とした。正午を少し回ったところだった。配膳のワゴンを追い抜いてきたから、めぐみはまだ昼食を済ませてはいないはずだ。

ということは、食後の痛み止めも服用していない。

最初にこの病室を訪れたとき、めぐみは「痛み止めが効いてきた」といっていた。意図的にではなかったろうが、鎮痛剤の服用直後で、マイクロジェスチャーが現れにくくなっていたに違いない。

そこでできる限り薬効の弱まる時間――つまり次の薬を服用する直前まで待って、再訪したのだった。完全に薬の効き目が切れてはいないだろうが、先ほどよりは格段にマイクロジェスチャーを見極めやすくなっているはずだ。

「あまり時間をかけて負担になってもいけないから、単刀直入にお訊きします」

唇を内側に巻き込む警戒のなだめ行動を見せるめぐみに、絵麻はいった。

「どうして三嶋を統合失調症に仕立てようとするんですか」

収縮する瞳孔が、確信を深めさせる。

「な……なにを、おっしゃっているんですか」

瞳があちこちに泳ぎ始める。先ほどは鎮痛剤が効いていただけで、めぐみ自身はけっして嘘をつくのが上手いわけではなさそうだ。

「ここ二か月、三嶋からのストーカー被害に遭っていたという話に始まり、娘さんが亡くなる以前から、三嶋にはすでに統合失調症の兆候が表れていたという話までさかのぼって、ぜんぶ嘘ですよね。なに一つ真実を話していない」

思い出してください――。

西野から促されためぐみは、右上を見た。それ以前に、三嶋のことについて語っているときには、ほぼ左上を見ていたのにだ。だがそれだけでは不十分だ。眼球の不随意運動が同一方向である確率は、七五％に過ぎない。絵麻は熱っぽく語り続ける西野をあえて止めず、めぐみの眼球の動きの観察につとめた。

するとほとんどの場合、娘のことを思い出すめぐみの視線の動きは、右上だった。実際には、めぐみの利き目は右目だったのだ。ということは、左上を見ながらの供述は、あてにならない。つまり三嶋について語られた部分のすべてが、虚偽である可能性が高いということだった。鎮痛剤でマイクロジェスチャーが抑えられた上に、めぐみが最初の時点から嘘を並べていたせいで、惑わされてしまったのだ。

「嘘じゃありません」

かぶりを振る直前に現れる五分の一秒のマイクロジェスチャー。この五分の一秒のために、駅前のコーヒーショップで三時間近くも粘った。

だが粘った甲斐はあった。

いまや嘘が手にとるようにわかる。

「元夫である三嶋に情けをかけたんですか。自分を襲った犯罪者とはいえ、刑務所送りにするのはしのびない。だから統合失調症に見せかけようとする三嶋の振る舞いを、補強するような証言をした？」

「違います」

なだめ行動なしも、想定内だった。最初に低いほうの可能性をつぶしたに過ぎない。

「それなら残る可能性は一つです。あなたと三嶋の二人は、共謀して傷害事件を作り出した。あなたは三嶋に、あえてあなたの身体を傷つけさせた」

めぐみは言葉を失ったようだった。だが大きく見開かれた目と、強張った頰、血色を失い、蒼白となった肌が、絵麻の推測が真実であると裏づけていた。

めぐみは三嶋が「待ち伏せていた」と証言している。だがそれは左上を見つめながらの発言であるから、虚偽である可能性が高い。しかしながら実際にめぐみが刺される傷害事件は発生し、現場から逃走する三嶋を見たという目撃者の証言もある。めぐみと三嶋は現場で会っている。だが三嶋が「待ち伏せていた」のではない。

ならばどう解釈するべきか。

めぐみは三嶋に「待ち伏せられた」のではなく、互いに「待ち合わせていた」のだ。

刺された場所があと数ミリずれていれば命にかかわる恐れもあった重傷というのも、二人の共謀があったとすれば、違う見方ができる。

幸運にも刺傷箇所が大動脈から数ミリ「ずれた」おかげで一命を取り留めたのではない。三嶋が意図的に数ミリ「ずらした」。すぐれた外科医である三嶋は、めぐみの命にかかわらない程度で、なおかつ警察には殺人未遂と判断される刺し方をしたのだ。

「わからなかったのは、なぜ『あなた方』がそんなことをしたのか、という点です」

「決め付けないでください」

「私のいったことが間違っているんですか」

「間違っているもなにも、なに一つ正しいことはありません」

視線を逸らすマイクロジェスチャー。嘘だ。

「警察沙汰《ざた》を起こして三嶋を逮捕させた。いや、わざと逮捕された……しかし逮捕後は統合失調症を装い、あなたのほうでもかねてから三嶋が統合失調症であったと匂わせて不起訴を狙う。どうしてそんなことをするのか、理解できませんでした。もしもこれが被害者か加害者、どちらか単独による策略ならば、ミュンヒハウゼン症候群などを疑うことができます。ただ騒動を起こして注目を浴びたいだけだ、と。しかし今回は、あなたと三嶋の元夫婦が共謀している」

「していません」

なだめ行動を伴う否定の仕草を、絵麻は無視した。

「合意の上で元夫が元妻の身体を傷つける。いくら三嶋が腕のいい外科医だといっても、命を落とすリスクがゼロになるわけではない。どちらが提案したにしても、狂気の沙汰です。普通ならばありえない。だがあなた方二人には、たとえ二人の間に愛情がなくなって、夫婦でなくなったとしても、ありえないリスクを冒《おか》す価値のある共通の存在がいる……いや、いた。三年前に殺害された、一人娘の花凜ちゃんです」

めぐみが唇に力をこめ、シーツを握る手に力をこめるのがわかった。

絵麻は眼差しに力をこめた。

「あなた方は、花凜ちゃんを殺害した犯人を知っているんですね。そしてその犯人は、触法精神障害者として、指定入院医療機関に入院している。そしてあなた方二人の目的は、犯人への復讐《ふくしゅう》」

手の届かない場所にいる犯人を睨むように、めぐみの眉間に深い皺が寄った。

「違うわ」

「まずは殺人未遂事件を起こして三嶋が逮捕される。そして取り調べの過程で花凜ちゃん殺害も匂わせ、捜査の目を誘導する。二つの事件で立件された上で精神鑑定を受け、統合失調症という診断とともに不起訴処分を勝ち取り、指定入院医療機関に入院する。指定入院医療機関は都内に二つ。花凜ちゃん殺害犯と同じ施設に入院するには二分の一の確率のギャンブルだけど、それぞれの病院で専門分野が異なるため、希望する病院の得意とする症状を演じることにより、二分の一以上に——おそらくは七割、八割程度にまで確率を高めることができる。そしてまんまと犯人に近づいた三嶋は、復讐を遂げる……」

めぐみは唇を震わせながら、憤怒《ふんぬ》の形相で絵麻を見つめている。

「あなた方が、一見すると相当回りくどいように思えるこのプロセスを踏む背景には、『心神喪失等の状態で重大な他害行為を行った者の医療及び観察等に関する法律』——いわゆる医療観察法の運用の難しさがあります。この法律の定める対象者は、つまり指定入院医療機関に入院して治療を行うには『殺人や放火、強盗などの重大な他害行為を行った』上で『刑法第三十九条の規定に相当』し、なおかつ『不起訴、あるいは無罪判決のいい渡しを受けた者』であって、『検察官の申し立てにより裁判所の決定』をえなければならない。元の奥さんを刺して精神疾患を装った程度では、『重大な他害行為』として不足しているかもしれないし、不起訴処分になっても、検察官が医療観察法にもとづく入院治療を申し立ててくれるかわからない。もっと凶悪で、なおかつもっと精神的な異常性を際立たせる必要があった。だからあなたと三嶋は、娘さんの事件を利用した……そう、人を殺すために利用したの。あなたたちは娘さんを殺された復讐を果たすために、亡くなった娘さんを汚した」

「違う……」

ようやく絞り出したという感じの声だった。めぐみのまぶたに溜まった涙が、いまにもこぼれ落ちそうだ。

「花凜ちゃんを殺した犯人の名前を教えてちょうだい」

「知りません」

「どうやって犯人を知ったの。三嶋が二か月前から詐病の工作を始めたということは、そのあたりで犯人が指定入院医療機関に入院中と知ったということよね」

「なんのことを……おっしゃっているのか……」

懸命に自分を保とうとしているようだが、小刻みに頰が痙攣していた。

「無駄よ。私は三嶋に詐病を認めさせる。ぜったいに指定入院医療機関に行かせないし、復讐もさせない」

ついに涙が頰を伝うと同時に、めぐみが叫んだ。

「なんでよ！　警察はいったい誰の味方なのよ！　花凜がなにか悪いことをした？　どうしてなにもしていない花凜は殺されて、殺人犯が守られなきゃならないの！」

「殺人犯を守るつもりはないわ。法を犯した人間は逮捕する」

「逮捕しても、病気だと罪には問えないんでしょう！　病院では拘束されることもなく、自由に過ごしているっていってたわ！」

「いってた……？」

訊き返されて、めぐみはようやく口を滑らせたことに気づいたようだった。

9

筒井が喫煙所で煙草をふかしていると、捜査二課の同期・三田村がやってきた。

なんで三宿署にあいつが……。

筒井にとって、三田村はもっとも会いたくない相手だった。あたふたとしてしまったが、逃げ場がない上、すでに向こうはこちらに気づいている。しかたなく素知らぬ顔で煙草をふかし続けることにした。

「おう筒井。おまえ、禁煙したんじゃなかったのか」

「何度目の禁煙のことだ」

軽口で応じてみせたが、三田村のさらなる軽口に頬が強張る。

「まあ、有言不実行の男のいうことなんてあてにならんな」

たわいない冗談のつもりか。それとも、他意があるのか。

――おれが取り調べてる重参は、シロな気がする。

以前、三田村に吐いた台詞《せりふ》が脳裏をよぎった。その直後に判明したが、重要参考人は見事なまでにクロだった。あのとき、自分はどんな得意げな顔をしていたのだろう。三田村にはけっして他言するなと釘を刺したものの、ちゃんと黙ってくれているだろうか。答えを聞くのが怖くて訊ねることもできない。

「なんでおまえが三宿にいる」

「ここらの中学校建設に絡んで贈収賄があるみたいでな。出張ってきた」

涼しい顔でいってのけると、三田村は美味そうに煙草をふかした。顔にかかる紫煙を手で払いながらいう。

「しかしおまえ、こんなところで油売っていていいのか。たしか、あの事件を担当しているんじゃなかったっけ。あの、例の」

「池尻の女性刺傷事件な」

「そう、それそれ。あの事件、しょっ引いたマルヒがえらいことを口走ったらしいじゃないか」

「三年前の少女殺害死体遺棄事件も自分がやったって、いい出したんだ」

「そうそう。大変だったな」

「そうでもないさ」

「そうか？　本部は大騒ぎになっているみたいだったが……」

意外そうな三田村に、筒井は余裕の笑みで応じた。

三嶋から狛江事件についての秘密の暴露を引き出した。現在は三嶋の供述を、綿貫が調書にまとめている。供述には意味不明な部分も多く、全体的に整合性を欠いていたので、証拠能力を持つ調書のかたちにするまでは、まだ時間がかかるだろう。

「マルヒは落ちた。自分の娘を殺害したことを認めて、秘密の暴露も引き出した」

「そうらしいな。それで――」

筒井は強調するように声をかぶせた。

「楯岡じゃないぞ」

「あ……ああ。だけど――」

「あいつが投げ出したマルヒを、おれが落としたんだ」

きょとんと見開かれた三田村の視線が、なぜか憐れみを帯びる。

「おまえだったのか……担当の取調官は」

「そ、そうだ。それがどうした」

同期の反応に不審を抱きながらも、筒井は胸を張った。これだけ話題性のある事件の被疑者を自供させたのだから、前回の汚名を返上してお釣りもくるだろう。

「さっきもいったが、本部が大騒ぎになってるぞ」

「そりゃそうだ。マルヒが犯行を自供したんだ。秘密の暴露もある」

「そうか。その先は、まだ知らないんだな……」

三田村がさも気の毒そうに肩をすくめる。

「先だと？」

「そうだよ。さっき所轄の捜査員を捕まえて聞いたんだ。エンマ様が、マルヒの詐病を証明したらしい。本部は容疑を殺人未遂から過失傷害に切り替えるということだ」

「なんだと？」

いっきに血圧が上がって、立ちくらみがする。同時に左の上まぶたが、激しく痙攣し始めた。

「そんなことあるわけがないだろう！　マルヒを取り調べていたのは、おれだ！　楯岡じゃねえ！」

「どうやらマルヒは元妻と共謀してたらしく、エンマ様は元妻のほうを落としたって話だ。元妻が落ちたと聞いて、マルヒのほうも詐病を認めたらしい」

「だが秘密の暴露は……！」

「本ボシと繋がっている人間から情報提供を受けていたらしいな。これからそっちのほうを調べるとかで、本部の連中がばたばた出ていったんだ……まあ、おれがおまえに説明するのもおかしな話だから。詳しくは本部に戻って聞いてくれ」

じゃあおれ行くわと煙草を揉み消して、三田村が喫煙所を出ていく。

短くなった煙草の灰が革靴に落ちても、筒井はしばらくその場から動けなかった。

10

絵麻と西野は三宿署員の運転する覆面パトカーの後部座席に座っていた。

環状八号線から井《い》の頭《かしら》通りに入って西に走っていた車が、武蔵野市に入る。

「あとどれぐらいですかね」

西野が座席の間から顔を出すようにして、運転席に話しかける。

「あと二十分もあれば。本当はもう着いていてもおかしくないはずなんですが……」

ハンドルを握る若い所轄署員は、おかしいなと首をひねりながらカーナビを操作する。

絵麻は車窓を流れる景色を、ぼんやりと眺めていた。

——かりに警察が花凜を殺した犯人を逮捕して、犯人が刑務所に収監されたとしても、私たちは必ず犯人を殺す。どこまでも追いかける。どんな危険を冒しても、どんな手を使っても、わずかでも可能性があるのなら、犯人の息の根を止められることに賭《か》ける。なにを犠牲にしてもかまわない。花凜が死んだ後には、私たちの人生などないのだから。

狂気じみためぐみの視線が忘れられない。あれは加害者でなく、紛れもなく被害者遺族の眼差しなのだ。

三嶋もめぐみも、病的な妄執《もうしゅう》に捉われている。統合失調症ではないが、なんらかの精神疾患に罹《かか》っているのは間違いない。

病気。

それだけで片づけていいのだろうか。

パトカーは武蔵野市にある精神医療研究センターに向かっていた。そこに入院する八坂宣弘《やさかのぶひろ》という男が、三嶋裕貴と細川めぐみのターゲットだった。めぐみは精神医療研究センターの職員・小宮《こみや》を名乗る男から電話をもらい、入院患者の八坂が狛江事件の犯人だと教えられたらしい。

八坂宣弘は三十五歳、無職。調布市《ちょうふ》にあるショッピングモールの駐車場で因縁をつけてきた十九歳の男を撲殺《ぼくさつ》したものの、責任能力なしとして不起訴処分となり、精神医療研究センターに入院した男だった。

当初、電話を受けためぐみは半信半疑だったという。善意を装いつつ被害者遺族の感情を弄ぼうとするいたずら電話なら、事件発生以来数限りなく受けてきた。

ところが話の内容があまりに詳細だったため、次第に興味を惹《ひ》かれていった。三嶋が秘密の暴露として明かした死体遺棄現場の食塩についても、そのときに聞いた話のようだ。小宮という男は、八坂から聞いた話をそのまま伝えているのだという。守秘義務違反にあたるのは承知の上で、義憤に駆られて連絡したという話だった。

小宮によると、八坂は統合失調症と診断されて治療を受けているものの、実際には精神病を偽装して罪から逃れていた。閉鎖病棟に入院する八坂には医療観察法第九十二条に基づく行動制限がついており、手紙のやりとりや面会などは禁止されているが、刑務所のような矯正労働が科せられるわけでもなく、身体拘束などもほとんど行われずにのびのびと優雅に過ごしている。

さらに指定入院医療機関の入院期間は十八か月を目標としているため、大きな問題がなければ殺人者がわずか一年半で野に放たれてしまう仕組みがあるらしい。社会復帰調整官の監督下で社会復帰を目指す段階になると、小宮には所在が摑めなくなるということだ。

どうすればいいんでしょうか。

どうすれば、娘を殺した男に復讐できるんでしょうか――。

相談しためぐみに提案されたのが、精神病を偽装して同じ医療機関に入院するという方法だった。

警察や検察にたいして三嶋の詐病が通用したら、八坂も詐病で刑を逃れることができたという証明になる。三嶋の事前工作や取り調べの際の言動は、八坂自身が逮捕された際に行ったのとほぼ同じだという。三嶋の行動は小宮の指南によるものだったらしい。

めぐみと三嶋の役割は、当初は逆だった。小宮の窓口はめぐみだったため、めぐみ自ら八坂に近づき、復讐しようとしたのだ。

しかしめぐみの腕力では、八坂に近づいても返り討ちに遭う危険性が高く、また外科医として熟練した三嶋のほうが『生命の危険を与えない殺人未遂事件』を起こせるということで、二人で話し合った結果、役割を逆転することになったという。

そのため、三嶋の携帯電話には小宮の痕跡は残っていない。めぐみへの連絡も一方的なもので、すべて公衆電話からの発信だったらしい。

「――さん。楯岡さん」

西野の声が意識に滑り込んできて、絵麻は顔をひねった。

「八坂は本当に狛江事件の犯人なんでしょうか」

「さあ。実際に話してみないとわからない」

さらには八坂が狛江事件の犯人であったとしても、小宮なる人物のいう通り、八坂が精神病を偽装していない限りは罪に問えない。

そもそも小宮は何者なのか。

三宿署を出る前に照会したものの、精神医療研究センターに小宮という人物が勤務する実態はなかった。義憤に駆られたとはいえ、殺人の教唆ともとれる助言を与える男が素直に本名を名乗るとは考えにくいから、ある意味では想定内だ。

だが八坂には、小宮のいう厳重な行動制限はつけられてもいなかった。誰でも自由に、というほどではないが、三嶋が医師という自分の立場を利用すれば、面会するぐらいは可能だったろう。小宮は善意の内部告発者として精神医療研究センターへの直接の問い合わせを防ぎながら、必要のない殺人未遂事件を起こしたことになる。強烈な悪意の介在を感じざるをえない。

敵は誰なのか。

八坂か、小宮か、それとも、いまだ存在の明らかになっていない第三者か――。

「見えてきました」

所轄署員がほっとした様子でフロントガラスの向こうを見やる。車は門をくぐり、駐車場に進入した。

ふいに鼓膜の奥に、山下刑事との会話が甦る。長年追い続けた犯人を殺そうとした山下を、絵麻が逮捕しようとしたときに交わした会話だった。

――いくらおまえがホシに口を割らせたところで、ガイシャの遺族が納得できる結末にはならないんだ。それが警察と司法の限界なんだよ。

――納得できようとできまいと、犯人を逮捕し、司法の判断に委ねる。それが私たちの仕事です。

――その通りだ。

――暴力は暴力を、復讐は復讐を招きます。憎しみの連鎖を、誰かが断ち切らないと。

――それは、おまえに任せる。おまえの手で、憎しみの連鎖を断ち切ってくれ。

あのとき差し出された手首に、自ら手錠をかけた。同時に大きな責任を背負ったのだと、絵麻は感じていた。
断ち切れるのか。憎しみの連鎖を。
次第に迫ってくる無機質な白い横長の建物が、絵麻の胸に暗い影を差した。

第三話

ペテン師のポリフォニー

1

病室には規則的なスリッパの足音が響いていた。

入院着姿の男がベッドサイドを右往左往、歩き回っている。

もう十分以上もこの調子だった。檻《おり》に閉じ込められた猛獣のように、狭い範囲で行きつ戻りつを繰り返す。口の中でなにごとかぶつぶつ呟いてはいるが、声が小さすぎて内容が聞き取れない。あるいは聞き取れても、理解できないたぐいの不規則な音の連なりかもしれなかった。

男は屈強な体格だった。身長はけっして高くないのに、肩幅は西野と変わらないか、それ以上だ。人を素手で撲殺したという犯行内容も頷ける。

八坂宣弘。『狛江市少女殺害死体遺棄事件』の真犯人だとして、被害者の両親が復讐を企てた相手だ。

絵麻と西野は、精神医療研究センターの医療観察法病棟を訪れていた。いくつもの病棟と研究棟を持つ広大な敷地の隅のほうに建つ、三階建てのビルまるまる一棟が、病棟にあてられている。病床数は四十。東西二棟ある中央センタービルの年季の入った外観に比べると随分と近代的な印象だが、その事実が施行から間もない医療観察法の運用の難しさを象徴しているようにも思える。

八坂は三階の三十五号室に入院していた。

「八坂さん、警察の人が話を聞きたいって」

女性看護師が耳の遠い老人に語りかけるような調子で呼びかけた。さっきから頃合いを見計らって何度か声をかけている。

結果はこれまでと同じだった。八坂は呼びかけなど聞こえないかのように、うろうろと歩き続ける。止まることを極度に恐れているような、強迫的な所作だった。

「調子のいいときには、会話が成立することもあるんですけど」

申し訳なさそうに肩をすくめる看護師の表情から、そろそろ勘弁して欲しいという意思を汲《く》み取り、絵麻は頷いた。

「わかりました。八坂さんへの聴取はまたあらためて。それでは、担当医の先生にお話をうかがえますか」

病室を出て廊下を歩く。

「閉鎖病棟といっても、普通の病院と変わらないんですね」

西野が物珍しそうに周囲を見回した。たしかに病棟の出入り口が施錠されている以外、一般の病院となんら変わらない。窓には格子がはめられているものの、各病室間の出入りに制限もないらしい。どこからかテレビの音声も聞こえてくる。

「喫煙室まであるんだ」

西野の声には、複雑な響きが混じっていた。

通路に面したガラス張りの小部屋では、何人かの患者が煙草をふかしていた。

前を歩いていた看護師が振り返る。

「身体にいいものではありませんけど、ここの患者さんは、肉体的には健康な方が多いので」

弁解のつもりだろうがどこか的外れな回答に思えて、絵麻と西野は互いの顔を見合わせた。

病棟の出入り口に着いた。電子ロック式のガラス扉にも、閉鎖病棟という言葉から連想される息苦しさはない。

看護師が首に提《さ》げた名札を、扉の脇のカードリーダーに滑らせ、開錠する。

階段をおりて、一階の応接室に通された。

「もう少々お待ちください」

二人にソファーを勧めると、看護師は部屋を出て行った。

西野に腕を掴まれた。息がかかるほどに、顔を近づけてくる。

「ちょっと楯岡さん、いまの見ましたか」

絵麻は腕を振り払った。

「近い近い。なによいったい。看護師さんがかわいいからって、そんなに鼻息荒くしないの。野獣丸出しじゃない」

「そのことをいってるんじゃありません」

「あれ、違ったの。あの看護師さんに会った瞬間、あんたの小鼻が広がってたのちゃんと見たんだけど」

「やめてください。そういうとこで観察眼発揮するの。僕だって公私の別はわきまえてます」

「じゃああの看護師さんの名前は」

「近藤《こんどう》美《み》咲《さき》ちゃん」

即答した後で、あっという顔になる。

「ほらね。しっかり名札チェックしちゃって」

「そ、それは仕事で……」

「どうだか」

「っていうか、そういう話じゃないんですよ。見ましたか、病棟の様子。なんなんですかあれ。至れり尽くせりで、まるでホテルか老人ホームみたいでしたよ」

西野の憤りは、病棟に足を踏み入れた段階から感じていた。

「あんたのいいたいことはわかる。だけどしょうがない。ここに入院することは刑罰ではなくて、あくまで治療なんだもの」

「とはいえ入院しているのは、重罪を犯した人間ばかりなんですよね」

「でも有罪判決を受けてはいない。それはつまり、なにも罪を犯していないのと同じこと」

「納得できません」

「法律はあんたの了解なんて求めてない」

西野をたしなめたものの、絵麻も複雑な心境だった。心の病が原因とはいえ、入院患者は殺人や放火、強盗などの重大な他害を行った者ばかりだ。犯人が罰せられることもなく、衣食住の保証された施設で快適に暮らしているとなれば、被害者遺族の心情は穏やかでないだろう。八坂が花凛ちゃん事件の真犯人かはわからない。だが、八坂が真犯人であると伝えられたときの、両親の怒りには同情できた。

扉が開いた。

「お待たせしてすみません」

白衣を着た小太りの男が入室してくる。身長は一七五センチ前後。年齢は四十歳くらいか。

笑顔を浮かべて一見、如才ない印象だが、顔色は生白く、顔面統制のぎこちない不完全な表情だ。緊張している。両手を白衣のポケットに突っ込んでいるのは、普段からそうなのか、それとも今だけか。いずれにせよ、心理的に距離を置かれている。

左手薬指に指輪なし。現在は独身か。

腕時計はロレックス。ネクタイはグッチ。革靴はガジアーノ&ガーリング。どれも高級ブランドである上、認知度が高い。強い自己顕示欲と権威への信仰、ひるがえって自分自身への自信のなさ。コンプレックスが猛勉強へと駆り立て、医師への道を切り拓《ひら》く原動力となったか。

「こちらこそ、お忙しいところすみません」

絵麻は立ち上がり、微笑を浮かべた。

「警視庁捜査一課の楯岡です」

「同じく西野です」

「医師の板倉《いたくら》です」

手を差し伸べ、握手を求めると、板倉は戸惑った様子ながらも握り返してきた。冷たく、かすかに湿った手だった。握る力も弱い。内向的で人付き合いが苦手、感情の起伏は乏しい。「現在は独身」から「結婚歴なし」にプロフィールを修正する。

ローテーブルを挟んで座った。

「八坂さんに……」

板倉が話し始めようとしたとき、扉が開いた。

先ほど案内してくれた女性看護師だった。盆に三つの湯呑みを載せている。

「私たちにはおかまいなく」

「もう淹れちゃいましたから」

看護師はにっこりと小首をかしげると、湯呑みを置いた。

二十代半ばぐらいだろうか。とりたてて美人ではないが、媚《こ》びたような笑顔はたしかに男好きする感じだ。西野はすっかり鼻の下を伸ばしているし、板倉の視線も彼女を追っていた。

看護師が退室するのを待って、会話が再開した。

「八坂さんに面会なさったそうですね。彼がなにか事件に関係が」

「詳しくはお話しできませんが、できれば捜査にご協力いただきたいと思いまして」

板倉が湯呑みに手を伸ばしたので、絵麻も同じように湯呑みを手にした。ところが、絵麻が湯呑みを口に運ぼうとすると、板倉はそのまま湯呑みをテーブルに戻した。ミラーリングの拒絶。板倉は貼り付けたような笑顔のままだが、やはり相当に警戒されている。

「会話は成立しましたか」

「残念ながら、タイミングが悪かったようです」

絵麻がかぶりを振ると、笑顔の眉尻が下がり、同情が滲んだ。

「やはりそうでしたか。今朝回診したときから、今日は調子がよくないと感じていたもので」

「八坂さんは、こちらでどのような治療を受けているのでしょう」

「基本的には投薬がメインです。そして状態を見ながら、社会復帰のためのリハビリテーションを行っています」

「リハビリテーションとは、具体的にどのような」

「作業療法やレクリエーション療法、生活指導、服薬指導などです。患者さんが社会復帰した際に、健康的な生活を営んでいくのに必要な知識や知恵を身に付けてもらうための訓練です」

「順調に回復なさっているんでしょうか」

「どうでしょう。この病気の症状は、一進一退ですから。気長に治療していく姿勢がないと」

「しかし指定入院医療機関への入院は、十八か月が限度ですよね」

「あくまで目安ですよ。それ以上入院する患者さんも、当然いらっしゃいます」

「八坂さんはどうなんですか。退院時期などは」

板倉が低い唸り声を漏らした。詮索を嫌っているのは明らかだった。

「あまり詳しくはお答えできませんね。患者さんのプライバシーにかかわることですから」

「そうですか」

「お力になれず、申し訳ない」

「いえ。お気になさらないでください」

質問の仕方を変えることにした。

「それでは専門医としてのご意見をうかがいたいのですが」

「なんでしょう。答えられる範囲なら、できる限りご協力します」

「ありがとうございます。では、おうかがいします。たとえば犯罪を起こした健常者が精神病を装って罪を逃れ、指定入院医療機関に入院するなどということは、可能でしょうか」

明らかに顔色が変わった。

「まさか刑事さんは、八坂さんが詐病だとおっしゃりたいのですか」

「そうではありません。あくまで八坂さんとは切り離した一般論として、ご意見をおうかがいしたいのです。統合失調症の診断は、問診によって行われますよね。詐病の意思を持つ人間に知識と演技力があり、なおかつ診断にあたる医師の臨床経験不足などの要因が重なれば、可能でしょうか」

「それは質問ですか？　確認ではなくて」

「その違いで答えは変わりますか」

苦笑が返ってくる。

「そんなことはありません。私個人の見解を述べさせていただけば『限りなく難しい』ということになるでしょうか」

「つまり、可能性はゼロではない」

「そちらの都合のいいように解釈すれば、そうなるのかもしれません。ただの風邪でも死に至る可能性はゼロではない。だからといって、風邪をひいていちいち死に怯える人はいません。そういうことです」

「精神病と、精神病質、社会病質の境界は、非常に曖昧に思えます。ほとんどの場合、なんらかのかたちで精神病も併発していますし、患者が嘘の症状を申告することだってありえる。そもそも嘘をつくのが症状の疾患もあります。正確な診断を下すのは、きわめて難しい分野ではありませんか。いや、実際には、正確な診断というものは存在しないかもしれない。たとえば、パリ人肉事件の佐川《さがわ》」

「なるほど」

そう来たかという感じに、板倉が首をかいた。

パリ人肉事件は、一九八一年にフランスで発生した殺人事件だ。

日本人留学生の佐川一政《かずまさ》が、自宅アパートに招き入れたオランダ人留学生の女性を射殺。屍姦《しかん》した後、解体して一部を食べた。佐川は死体を遺棄しようとしたところを通報され、逮捕されたが、精神鑑定の結果、心神喪失状態での犯行とされて不起訴処分となる。しかし日本に帰国後入院した都立松沢《まつざわ》病院での診断は違った。佐川は精神病ではなく人格障害であり、責任能力もある、というものだった。これを受けた日本の警察は佐川の逮捕・訴追を目指すが、パリ警視庁から捜査資料の提出を拒まれ、捜査は暗礁に乗り上げた。

「たしかにあの事件は、精神科臨床の問題点をよく表しているかもしれません」

「パリで佐川の精神鑑定にあたった医師が誤診を下した原因には、取り調べに同席した通訳の誤訳があるといわれています」

たったそれだけで診断が変わり、一人の殺人者がなんら刑罰も受けないまま野に放たれたのだ。

「そういう悪しき前例を考えると、先ほどの質問には、可能です、と答えなければならないのかもしれませんね。ええ。可能です。罪を犯した健常者が刑罰を逃れるために詐病を用いて医師を欺くことは、できます。ただし、うちではそんなミスは起こりえませんが」

板倉は顔の前で手を重ね、眉を上下させた。ここからが重要ですと念を押すような仕草だ。

「当センターは、患者さんを受け入れるだけです。他の医療機関で精神鑑定を受けた患者さんが、うちに転院させられてくるのです。ですから刑事さんのおっしゃるようなミスが起こるにしろ、それは当センターでの問題ではありません。精神鑑定自体を行っていないのですから」

「たしかにそうですね」

「ご希望に添う回答になったのか、わかりませんが」

板倉は話を打ち切るように、立ち上がった。

「いえ。とても参考になりました」

最後にもう一度握手を求めると、板倉の手の平はべったりと湿っていた。


「もう帰っちゃうんですか」

自動ドアをくぐりながら、西野が医療観察法病棟の建物を振り返る。

「なに、もっと美咲ちゃんとお喋りしたかったの」

「そそそ、そういうことじゃないですよ。なにいってるんですか。やけにあっさり引き下がるなと思って」

しどろもどろになる後輩巡査に、絵麻は吹き出した。

「みんながあんたみたいにわかりやすかったら、私の仕事も楽なのに」

「悪かったですね、わかりやすくて」

「褒めてるのよ」

「どこがですか」

「嘘つきの犯罪者とばっかり接してると、嘘のつけない人間と話したくなるの」

西野は唇をへの字にしたが、まんざらでもなさそうだ。

二人は駐車場に向かって歩いた。敷地には緑が溢れていて、病棟や研究棟の建物が目に入らなければ、整備された公園のようだ。

「八坂は、本当に詐病なんでしょうか」

絵麻は両手を広げ、肩をすくめた。

「まったくわからない。お手上げ。詐病かもしれないし、そうじゃないかもしれない。わずかな時間の面会だけで、それを見抜くのは難しいと思う。取り調べのように密室で追及することもできないし、抗精神病薬を服用しているのなら、なだめ行動も抑え込まれるし。医師によって正式に統合失調症の診断が下され、入院までしている患者にたいして、面と向かって『あなた本当は精神疾患じゃありませんよね』なんて、尋問するわけにもいかないじゃない」

「じゃあ、どうやって詐病を証明するんですか」

しばらく考えてみたが、やはり答えは見つからなかった。

「無理」

「そんな……」

不服そうな西野の眼前に、「ただし」と人差し指を立てる。

「あくまでも八坂本人との面会だけでは、無理だってこと」

「と、いうことは……」

「あの板倉っていう医者が、どうも引っかかるのよ。攻めるならそこからかもしれない」

いざ刑事を目の前にすると、後ろめたいことがなくても緊張するのはしかたない。だが板倉の警戒具合は、尋常でなかった。脚を組み替えたり、顔の前で手を重ねたり、腕組みをしたりといった心理的防壁を築く仕草は最後まで消えなかったし、顔色が悪く見えたのも、もとからそうなのではなく緊張のせいだろう。そして別れ際の握手での、手の平の湿り気。

「まさか、板倉は詐病と承知の上で、八坂に統合失調症という診断を下したんですか」

西野が色めき立った。

「それは正確な表現じゃないわね。板倉も話していたけれど、精神鑑定自体は、別の医療機関で行われる。ここは触法精神障害者を受け入れているだけだから、精神鑑定を行うことはない。だから板倉自身が、誤った鑑定結果を出すことはない。それでも、板倉が受け入れた入院患者の詐病に気づいている可能性はある」

「気づいているのに、なぜ放置するんですか」

「もしかしたら、そこに小宮という男が関係しているのかも……」

「三嶋元夫妻をそそのかして、八坂を殺そうとした黒幕ですね。その小宮が、どう関係していると——」

「そこまではわからない」

恐怖。それが板倉の一連の挙動から、絵麻が読み取った感情だった。板倉はなにかをひどく恐れている。警察になにかを暴かれて、地位や名誉を失うことか。あるいは、もっと別のなにかなのか。

「ま、すべては憶測の域を出ないんだけど。いずれにせよ、医療機関の守秘義務を盾にされたら、こちらとしては手出ししようがない。もっとしっかり外堀を埋めて、あらためて出直さないと」

絵麻は手をひらひらとさせ、歩き出した。

そのとき、西野がスマートフォンを取り出した。電話がかかってきたらしい。

「はい。お疲れ様です……えっ、本当ですか。ちょっと待ってくださいよ。まだこっちのヤマが……」

こちらをちらちらと見ながら通話していたが、やがて電話を切ると、不本意そうに告げた。

「楯岡さん。新しいヤマです。後は所轄に任せて、至急、東十条《ひがしじゅうじょう》署に急行しろとのことです」

2

「えー、お・れ・の・な・ま・え・は、つ・つ・い――」

一音一音を区切りながら大きく口を動かしていると、男が軽く手を振った。

「それほど気を遣っていただかなくても大丈夫です。私は耳が聞こえませんが、唇を読むことができますので」

「そうか……じゃあ、普通に喋るわ」

筒井道大はばつの悪い思いで顎をかいた。

取り調べ相手は小比類巻明《こひるいまきあきら》。四十五歳。筒井はまったく知らなかったが、クラシックの作曲家としてこのところ世間で注目されている人物らしい。たしかに肩まで伸ばした長い髪にサングラス、胸もとをはだけたノータイのワイシャツにダークスーツという風貌は、いかにも芸術家然として、浮世離れしている。

『新世紀のベートーベン』とマスコミに持てはやされているという気鋭の作曲家が、

参考人として取り調べを受けることになった事件の概要はこうだ。

三日前、北区王子《きたおうじ》にある雑居ビル外階段の三階と四階の間にある踊り場で、血まみれの男が倒れているのを、ゴミ捨てにおりてきたテナントの居酒屋店員が発見した。男はすぐに救急搬送されたが、出血が激しく、搬送先の救急病院で死亡した。司法解剖によると、遺体には大小二十五か所もの刺し傷があったという。被害者の穿《は》いていたチノパンの尻ポケットに入っていた財布の現金は手つかずだったことからも、たんなる金目当ての強盗でないと思われる。

被害者の身元は永沢征治《ながさわせいじ》、三十七歳。財布に残された免許証の住所は、足立区綾瀬《あだち》のアパートになっていた。

翌日には所轄の東十条署に特別捜査本部が立ち、本格的な捜査が開始された。

永沢はフリーライターとして、週刊誌などに記事を書いて生計を立てていたらしい。そしてこのところ取材対象として興味を寄せていたのが、小比類巻明のゴーストライター疑惑だったという。小比類巻については自分で作曲をしていないのではないかという噂が、かねてから囁《ささや》かれていたらしい。

筒井はテーブルの上で手を組み、サングラスの奥に目を凝らした。

「あんた、けっこう有名な作曲家らしいな。うちの若いのが、あんたの特集をしているテレビ番組を見たらしい」

顔をひねり、記録係を務める綿貫を顎でしゃくった。綿貫が髪をかきながら、照れ臭そうに小さく会釈《えしやく》する。ミーハー心をむき出しにする態度が、筒井には気に食わない。

「それはどうも」

綿貫に微笑で応えると、小比類巻は正面に視線を戻した。

「だがおれはあんたのことなんか知らん。クラシックなんてお上品な音楽にも興味はない。だから容赦なくいかせてもらう」

なにせ世間的に注目度の高い事件だ。本来なら楯岡が指名されるであろう取調官の座を、課長に直談判して奪い取ってやった。落とせませんでした、では済まない。なんとしても失点を挽回する、不退転の覚悟だった。

筒井さんがやりたいっていうなら、私は別にかまいませんけど――。

ことさら手柄に執着していないといったふうを装う楯岡の顔を思い浮かべ、自らを奮い立たせる。いまこそ『鬼の筒井』の本領発揮だ。

「どうぞ。かまいません」

落ち着き払った参考人に、いきなり爆弾を投げつけてやる。

「あんた、自分で曲を書いていないって噂があるようだな」

「ええ。その通りです」

あっさり認められ、がつんと後頭部を殴られたような衝撃を受けた。

事件発生時、現場と目と鼻の先にある十条会館大ホールでは、小比類巻の曲を区民オーケストラが演奏するコンサートが行われていた。被害者の永沢は、小比類巻の取材に訪れていたようだ。開場時間前に会場付近で来場客に名刺を差し出してインタビューしているところを関係者に発見され、十条会館の敷地から退去させられている。もっとも簡単に退散するつもりはなかったらしく、その後も周辺をうろついているのを目撃されている。

遺体には左手の平から手首にかけて、ボールペンのインクによる曲線が描かれていた。そして現場となった雑居ビルの前の路上では、被害者の血液の付着したモンブラン社製のボールペンが発見されている。被害者の腕に描かれた線と、路上に落ちていたボールペンのインクは一致。またボールペンに付着した血液も被害者のものと一致したことから、被害者はボールペンを右手に所持した状態で襲われ、誤ってペン先を左手に滑らせた後、ボールペンを落としたものと推定される。つまり被害者は、誰かを取材中だったのだ。

ボールペンは発見されたものの、手帳などは発見されていないため、犯人が持ち去ったものと思われる。それ以外にも、バッグや携帯電話等が見つかっていない。

永沢の取材対象が小比類巻であったことを考えると、いきおい、小比類巻が疑わしい存在として浮かび上がる。

「えっ……と……」

なんで簡単に認めるんだ。おまえにゴーストライターがいるというのは、人を殺してでも守りたい秘密じゃなかったのか。

筒井は意表を突かれ、まごついた。

「おっしゃる通り、私は自分で曲を書いていません。音楽学校で講師をしている、玉《たま》山司《やまつかさ》さんという友人にお願いして、作曲してもらっていました」

「そ……そうか」

「私の曲だと思って愛聴してくださったファンの皆さんにたいして、なにより申し訳ない。正直なところ、軽い気持ちで始めたことがこんな大きな話になるとは、考えてもいなかったのです」

「そうか」

「先日のコンサートの後、真実をどのようなかたちで公表するか、玉山さんとも相談していたところです。社会的な制裁は、甘んじて受けるつもりです。覚悟はできています。それだけのことを、しでかしたのですから」

「そうか……そうかそうか……」

完全に出鼻をくじかれ、頭が真っ白になった。

「永沢さんについて、お話ししても？」

小比類巻のほうから水を向けられて、筒井は我に返った。

「あ……ああ。どうぞどうぞ」

「永沢さんから最初にメールをいただいたのは、三週間ほど前のことでした。テレビで私への密着取材企画が放送された直後で、その番組を見てご連絡くださったのです。メールでは、私が番組で披露した作曲論にたいする矛盾点と、それにたいする質問が列記されていました。メールを読みながら、血が凍る思いでした。ついに来るべきときが来たかと。素晴らしい才能を持ちながら、それを世に問う方法を知らない友人のためになれば、という小さな親切心がきっかけだったとはいえ、あまりに安直な行動でした。だがもう遅い。もう一曲だけ。あと一曲でやめよう。そう思いながら続けるうちに、すでにたくさんの人を騙してしまっていたのです」

「だがあんた、永沢さんの追及から逃げ回っていただろう。メールを無視し、コンサート会場から締め出すように、関係者に指示した」

「おっしゃる通りです。だから私が永沢さんを殺したのだろうと疑われるのも、無理はありません。ですがせめて、あのコンサートを終えるまではと、思っていたのです。樋口《ひぐち》さんの思いを、無駄にしたくはなかった……」

「樋口……？」

「樋口七緒《ななお》さん。今回のコンサート実現のために奔走してくれた、脚の不自由な大学生です」

「ああ。あの人か」

背後から綿貫の声がした。

「特番にも出ていました。まだ二十歳なのに、しっかりした女性でした。たしか児童養護施設出身で、小比類巻さんの曲で生きる勇気をもらったと手紙を書いて、それから交流が始まったんですよ。今回のコンサートは、いまの小比類巻さんの人気を考えると小さすぎる会場なんですが、樋口さんの企画発案で、多くの児童養護施設から子供たちを無料招待して行われたんです。運営スタッフのほとんども、彼女の呼びかけに応じて集まったボランティアなんですよね」

筒井は嫌な気分になった。まるで小比類巻を追及する自分が、悪役にされた気がしたのだ。

　無性に腹が立ってきた。

「あんたなあ！」

　テーブルを叩いてすごむが、小比類巻は表情を変えない。不便なく会話ができるのでつい忘れてしまいがちだが、小比類巻は聴覚障害者なのだ。

「あんた……綺麗ごといって、傷口を広げただけじゃないか。あんたに騙されていたと知ったら、施設の子供たちや、車椅子の学生さんはどうなるんだ。せめてコンサートまで、だなんて、そんなのはあんたのエゴだろうが」

「かもしれません……」

　小比類巻は沈痛な面持ちになり、顔を伏せた。

「かもしれません、じゃ……」

そこまでいって、この取り調べの本来の目的を思い出した。あくまで殺人事件の取り調べであって、ペテン行為の糾弾が目的ではない。

　怒りを飲み込んで、仕切り直した。

「ようするに、せめてここまでと決めていたそのコンサートが成功したら、ゴーストライターの件を公表しようと最初から決めていたあんたには、永沢さんを殺す理由なんてない……そういいたいわけだ」

「私は永沢さんを殺そうなどと、考えていませんでした。さらにいわせてもらえば、かりに殺意があったとしても、物理的に私が犯行に及ぶのは不可能だった。永沢さんが殺害された時間、私は十条会館の大ホールの中にいたのですから」

筒井は思わず顔をしかめた。

たしかにその通りだった。小比類巻にはアリバイが成立している。

午後一時開場で午後二時開演、そして終演が午後四時。瀕死《ひんし》の永沢が発見されたのはちょうど午後四時ごろ。検視では、午後三時から午後四時の間に襲われた可能性が高いという結果が出ている。

コンサート会場から事件現場までは、わずか一〇〇メートルほど。片道二分もあればじゅうぶんな距離だ。ほんの十分でも会場を抜け出すことができれば、犯行は可能だったろう。だがそうすれば、必ず誰かに目撃される。

その目撃者が、いっさい存在しないのだった。

「関係者である私が、会場から外に出る経路は二通りあります。一つは一般の観客と同じ、ロビーを抜けて正面玄関から出る経路。演奏中ですからロビーに観客はいないかもしれませんが、玄関脇のカウンター内にはつねに十条会館の職員数人が立っていました。もう一つは関係者通用口から出る経路ですが、こちらは出るのは簡単でも、入館する際に警備員窓口で関係者証の提示を求められます。そしてこちらでは公演中でも、スタッフがひっきりなしに出入りしていた。正面玄関脇カウンターの職員も、関係者通用口の警備員も、そのほかのスタッフも、誰も私が会場に出入りするのを見ていません」

ぐうの音も出ない。筒井は顔を歪めた。

正面玄関脇カウンターの職員にしろ、関係者通用口の警備員にしろ、いちいち出入りした人間の顔を覚えていないだろう。しかしながら小比類巻は長髪にサングラス、全身黒ずくめというあまりに特徴的な風貌だ。記憶に残らないはずがない。

筒井は苦し紛れに反撃した。

「だがあんた、会場を出入りする姿を見られていなくとも、会場内で誰かに見られてもいないだろう」

「当然です。私はオーケストラの演奏を、客席で観ません。いつも楽屋のモニター越しに観ています。曲を作ったら、舵《かじ》取りは指揮者に委ねるというのが、私のポリシーです。私の目を気にして、演者が余計なプレッシャーを感じるような状況は避けたい」

けっ、と顔を歪める筒井とは裏腹に、綿貫は感心した様子だった。

「やっぱりテレビでいっていたことは、本当だったんですね」

「なにがだよ」

「演奏を客席で観ないっていう話です。特番でもそうおっしゃってました。楽屋のモニターで観るって。こうやってモニターに手をあてて、音の振動を感じるんですよね」

テレビで見たことを再現しているのか、綿貫が両手を広げてモニター画面に触れる真似をする。恍惚《こうこつ》とした表情が妙に癇《かん》に障った。

「うるせえんだよ、おめえはっ」

怒鳴りながらこぶしを振り上げる真似をする。

綿貫はびくんと両肩を跳ね上げて、頭を両手で覆った。

が、その瞬間、筒井の意識は綿貫でなく、小比類巻のほうに引き寄せられていた。

見間違いだろうか。いや、たしかに見た。

綿貫を怒鳴った瞬間、視界の端で小比類巻の肩が一瞬揺れた気がした。

3

ほらね、いった通りでしょう。

絵麻がにやりと微笑むと、西野はふてくされたように唇を尖《とが》らせた。

玉山司の話は続く。

「――少なくとも私は、彼との会話で不自由を感じたことはありません」

色白で細面の、生真面目そうな男だった。頭のてっぺんの毛髪が薄くなっているせいで、三十五歳の実年齢よりも十歳ほど老けて見える。ワイシャツにスラックスという服装は、警察の来訪にそなえたというより、普段着のようだ。シャツの襟はうっすら黄ばんでいるし、スラックスは皺になっている。背を丸めて視線を逸らしながら話す様子からも、コミュニケーション能力の低さと交友関係の狭さがうかがえた。

玉山の住まいは、練馬《ねりま》区新桜台《しんさくらだい》にあった。港《みなと》区のタワーマンションに暮らす小比類巻とは対照的な、庶民的なワンルームマンションだ。勤務先の音楽学校は徒歩圏内の江古田《えこだ》らしいから、通勤は徒歩か自転車だろう。生活感あふれる部屋の様子からは、仕事帰りに学生向けの居酒屋で安酒を舐《な》めるような地味な生活が垣間《かいま》見える。

絵麻と西野の目的は、玉山が小比類巻の共犯者である可能性を探ることだった。小比類巻にアリバイが存在するならば、利害をともにする玉山が共犯として永沢殺害を実行したのではないかと、捜査本部は考えたのだ。

ところが話を聞いてみると、玉山にとって小比類巻は同志という認識ではないようだ。自らが小比類巻のゴーストライターであることをあっさり認めたばかりか、小比類巻の聴覚障害への疑義まで呈し始めた。

「すると玉山さんは、小比類巻さんが耳の聞こえないふりをしていると?」

絵麻が促すと、玉山からはいくらでも小比類巻への呪詛《じゅそ》が溢れた。

「僕はそう思っていますよ。なにが『新世紀のベートーベン』だ。聞いて笑わせる」

小比類巻への批判の言葉が重なるほど、西野は萎《しお》れるように背を丸めていった。

いまから小一時間ほど前のことだ。

――これ、耳聞こえてるじゃない。完全に詐病よ詐病。

刑事部屋のパソコンで、小比類巻に密着取材した番組の動画を見ながら、絵麻は鼻で笑った。インタビュアーの声やオーケストラの楽器の音、はては外を通る自動車の走行音に至るまで、小比類巻はあらゆる音の刺激に微細反応を見せていた。もっとも顕著な目の動きをサングラスで隠してはいるが、よくこれで障害者手帳が手に入ったものだと不思議に思うほどだ。この拙《つたな》い演技に騙される人間がいるなんて。

ところが、まんまと騙された人間がすぐ横にいた。

西野は隣からディスプレイに見入りながら、スマートフォンを操作していた。集中していないのかと思ったが、違った。液晶画面に開かれていたのは、通信販売のサイトだった。『新世紀のベートーベン』の生きざまに感銘を受けた西野は、早速、小比類巻作曲のCDアルバムを注文していたのだった。

キャンセルしておかないと後悔することになるわよ、と助言すると、例のごとく減らず口が返ってきた。

ああ、嫌だ嫌だ。誰かに愛されることなく長いこと生きてしまうと、素直に芸術を愛《め》でる心も持てなくなるんですねえ――。

とりあえずありったけの力をこめて西野の鼻をつまんでやった。

そしてちょうど西野のまぶたから雫《しずく》が一粒こぼれたとき、小比類巻がゴーストライターの存在を認めたという報せが、取調室から届いたのだった。

「小比類巻さんは永沢さんの登場で、すべてを公表しようと決意した。そのことは玉山さんにも相談していたとおっしゃっています」

「永沢というジャーナリストについて、私も小比類巻から相談はされました。ですがゴーストライターの存在を公にしようなんていう提案は、いっさいありませんでした。どうすれば永沢に取材を諦めさせることができるのか。写真週刊誌や雑誌はいくらぐらい払えば記事を掲載しないでくれるのだろうか。暴力団を通じてマスコミに圧力をかけたいから、暴力団員の知り合いはいないか……そんな話ばかりです。私はうんざりしていました。永沢という人が記事にしなくても、いずれ誰かが真相を暴いた。いい加減、もう潮時だったんです」

「小比類巻さんとは、以前から友人関係だったんですか」

「友人？」と、玉山がさも不快げに顔を歪める。

「友人なんかじゃありません。彼と友人であったことなど、一度もない。ただの仕事上の関係です。それだって、私は終わりにしたかったし、これで最後にしようと何度も訴えてきた」

「それなのに、どうしてやめなかったんですか」

「脅されていたんです。私にたいする脅しなら屈することはないのだが、彼の場合は、私がもしもことを公にするのなら、自殺するという。卑怯《ひきょう》なやり方だし、どうせ自殺なんかできやしないだろうと思っても、頭のどこかで、もしも本当に自殺したらどうしようと怖くなるんです。万が一にでも、私が原因で小比類巻が自殺してしまったら……そう思うと、結局断り切ることができずに、ずるずると関係を続けてしまいました。それがいけなかったんだ」

玉山の表情が曇った。眉根を寄せ、床の一点を見つめる表情に後悔が浮かぶ。やがて意を決したように視線を上げた。

「やはり、小比類巻が殺したんでしょうか」

「それはまだなんともいえません」

否定も肯定もしないのに、玉山の表情の翳《かげ》りはいっそう濃くなった。

「やつならやりかねない。むしろ、そうとしか思えないんです」

玉山にとって、小比類巻が殺人犯であることは既成事実になっているようだ。

その後も一時間ほど話を聞いて、玉山宅を辞去した。

「――ええ、ええ。そういうことです。それじゃ、裏取りのほうよろしくお願いします。お疲れ様です」

捜査本部との通話を終えた西野が、スマートフォンをしまう。

「どうですかね。玉山共犯のセンは」

「裏取りの結果次第ってことになるけど、まあナシね。アリバイを供述する様子にも不審なしぐさはなかったし、ぜったいに人を殺せないとはいわないまでも、とてもじゃないけど白昼堂々と犯行に及ぶような度胸はなさそう。交友関係も狭くて人脈も薄そうだから、玉山経由でほかの第三者に依頼して……という可能性も低い。なにより、玉山は小比類巻による犯行を強く信じ込んでいる」

「ですよねえ。玉山はえらく小比類巻を毛嫌いしているようでした。あれが嘘だとしたら、とんでもない役者ですよ」

玉山は事件発生当時、勤務先の学校にいたと供述した。日曜日なので授業はなかったが、スタジオにこもって作曲していたという。作業自体は一人で行ったものの、気分転換に出歩いた際、廊下で行き合った教え子と軽い立ち話をしたということだ。アリバイとして弱いのはたしかだが、感触からすると、それほど執着して掘り返す必要もない気がする。

「しかし因果な商売だなあ。小比類巻を逮捕することになったら、あの車椅子の女の子はどうなるんだろう」

西野が憂鬱《ゆううつ》そうにため息をつく。

「樋口さん……だっけ。たしかにかわいそうではあるけど」

「あの番組でも、すごく健気だったじゃないですか。自分はスタッフとして忙しく動かないといけないから、コンサートが実現しても客席で聴くことはできないかもしれない。だけど自分と同じように施設で育った子供たちに勇気を与えたいんだって」

感動が甦ったのか、西野が声を詰まらせた。

刑事部屋で見た番組動画では、車椅子の女性がコンサート実現に向けて、自らスポンサー探しなどに奔走する模様が伝えられていた。女性は小比類巻によほど入れ込んでいるらしく、スマートフォンの着信メロディにも小比類巻の曲を使い、スマホケースにも小比類巻ストラップを提げていると誇らしげに話した。ストラップのマスコットはフェルト製で、カウベルを持った二頭身の小比類巻というデザインだった。カウベルの部分に本物の鈴が使われており、実際に音がなるという凝った造りだが、なんと少女の手作りだという。音楽というより小比類巻個人への執着が少しばかり気味悪く感じたが、障害や施設育ちの境遇を前向きに捉えようとする姿勢には、たしかに爽やかな感動があった。

「だけど、人が死んでいるわけだから」

「そうですよね……いずれ現実を知ることにはなりますもんね。畜生っ。現実って残酷だなあ」

西野は濡れた目もとをさりげなく拭う。

絵麻は話題を戻した。

「あんたもさっきいったように、玉山は小比類巻を激しく嫌悪している。嫌悪というより、憎悪という表現のほうが正しいかもしれないぐらいに。恐怖によって支配され、不本意ながら軽い洗脳下に置かれていた反動だろうから、当然といえば当然だろうけど」

「洗脳……ですか。でも玉山は、普通に仕事も続けていたんですよね」

西野は意外そうだった。

「監禁や軟禁なんかしなくても、他人をマインドコントロールすることはできる。人間関係を分断し、恐怖などのネガティブな感情で思考を制御することによって。玉山はおそらくもともとの人間関係が希薄だったから、洗脳しやすい存在ではあった。人間関係の分断は、洗脳の基本だから。たとえばオレオレ詐欺なんかもそうだけど、人間というのは、誰かに相談することができれば冷静に正しい判断を下すことができる。逆にいえば、人を誤った判断や行動に導きたければ、相談する相手がいない状況を作ればいい」

絵麻は玉山の話を反芻しながらいった。

「小比類巻は最初に玉山に接近したとき、友人の結婚式で披露する曲を作って欲しいといって近づいている。評価の場が欲しかった玉山が断るはずもなかったし、友人の結婚式というエクスキューズがあれば、小比類巻が自分の作曲であることにしたいと申し出ても、反対はしなかったでしょう。ようするにローボール・テクニックね。最初に小さな依頼を承諾してしまえば、その後要求がエスカレートしても断るのは難しくなる。ある程度のところまでは、これで押し切れる。ところが、いくら気の弱い玉山でも、さすがにこれ以上は……という話になる。当然よね。最初は友人の結婚式で披露する程度だったのが、いつの間にか小比類巻が『新世紀のベートーベン』と持ち上げられるんだから。その段階から、小比類巻は恐怖で玉山を支配しようとし始める。ゴーストライターの件を暴露するなら、自殺すると脅してね」

西野は腑に落ちない様子だ。

「たしかに自分のせいで誰かが死ぬなんて、たまんないと思います。だけどそんな話されても、普通は信じませんよ。そんなかまってちゃんに限って自殺なんてしないものだし。僕なら、勝手にすればって突き放して終わりです」

「玉山も最初は断ったといっていたわね。だけど、小比類巻から手首を深く切った傷跡を見せられて、恐怖を覚えるようになったといっている」

「なら、逃げればよかったんですよ」

「普通ならそう考える。だけど玉山の場合、客観的な立場から冷静な助言をくれるような友人もおらず、自分もペテン行為に加担したという負い目もあった。くわえて玉山にとっては、生まれて初めて見せられたリストカット痕が相当なストレスになったんでしょうね。こういう実験があるの。T字路を左折すると電気ショック、右折すると餌《えさ》にありつけるという構造の装置を作り、スタート地点にマウスを置く。マウスは最初、左折して電気ショックを受けた。二回目にチャレンジしたら、マウスはどう動くと思う？」

「鼠《ねずみ》は頭がいいですからね。右折して餌をゲットするんじゃないですか」

「そうよね。それが学習。ところが最初のチャレンジで強すぎる電気ショックを与えた場合、二回目のチャレンジでは、マウスはスタート地点から動こうとしなくなるの。今度は右折してみようという好奇心よりも、電気ショックにたいする恐怖のほうが大きくなるというわけ」

「そうなんですか」

西野が感心した様子で口をすぼめる。

「心理学用語で『適応』というんだけど、人間でも同じように、強力なストレスを与えることで、相手を思考停止状態に陥れることができる。たとえば、いつでも逃げられるのにどうして逃げ出さなかったのかと、疑問に思うような状況下での監禁事件もあるじゃない。ああいうケースでは思考停止に陥っているために、被害者には逃げ出すという選択肢がなくなっているの。そうなるように、犯人から追い込まれている。だから被害者が一人で外出しても、警察に駆け込むことなく監禁先に戻ったりする。もっと身近な例としては、付き合っている男が暴力を振るうのに、なぜか別れない女とかも同じ」

「ああ。それならなんとなく理解できます」

西野が手の平をこぶしで打った。

「なんでそこだけ物わかりがいいの。あんたもしかして、女の子に暴力振るったりしてないでしょうね」

「違いますよ。僕はその喩《たと》え話の、女性の立場に共感しているんです。だって僕は、いつも楯岡さんに暴力を振るわれて、って……痛てて」

思いきり耳を引っ張ってやった。

弾くようにして手を離すと、西野が涙目で抗議する。

「痛いなあ……なにするんですか」

「これはピグマリオン効果」

「なんですかそれ」

「結果は周囲の期待に比例するという心理効果のこと」

「意味わかんないです。それじゃまるで、僕がこういう暴力的な扱いを望んでいるみたいじゃないですか。これぞさっき楯岡さんのいった『適応』じゃないですか。強力なストレスを与えることで、相手を思考停止に陥らせるという」

「なるほど。あんたの頭の回転が鈍いと思ったら、私のせいだったんだ。思考停止に陥っていたなんて気づかなかった。ごめんなさい」

西野が苦いものを飲み込んだ顔をした。

「話が脇道に逸れちゃった。ま、おそらく玉山は事件に無関係であろうという感触をえたのは、一つの収穫ね。かりに小比類巻が本ボシであっても、玉山は共犯ではない。だからといって、小比類巻にアリバイが成立する以上、小比類巻の単独犯ともいい切れないんだけど」

「そもそも本当に小比類巻が本ボシなんでしょうか」

「現時点では小比類巻以上に強い動機を持っていそうな人間もいないから、もっとも疑うべきなのはたしか。小比類巻はどうにかしてガイシャの口を封じたいと考えていたし、殺害現場は小比類巻のコンサート会場の近くだった。小比類巻が人格障害であることを考えると、いいように利用された実行犯が別に存在する可能性も考えられるけど……」

「小比類巻は人格障害なんですか」

「玉山を利用するためのマインドコントロールのプロセスを考えると、それは間違いない。ただ、ゴーストライターの件を公表しようと考えていたと玉山に相談していたとか、玉山と友人関係だったとか、本人に確認すればすぐにわかるような嘘をつくところはかなり幼稚な印象だから、それほどたくさんの人間を操れる賢さがあったとも考えにくいんだけど……」

「すると小比類巻がホシでないとして、こういうのはどうでしょう。ホシは別にいて、小比類巻に恨みをいだく誰かが、小比類巻の犯行に見せかけようとした、とか」

「それが目的なら、小比類巻のアリバイが成立しない時間帯に犯行に及ぶんじゃない？コンサート中、つまり犯行時刻前後に、小比類巻が会場を出入りした形跡はないんだもの。だったら警察は、思惑通りに小比類巻を疑ってくれないかもしれない」

「そうか……それならやっぱり、一番怪しいのは小比類巻ですね。だけど小比類巻にはアリバイがある。となると小比類巻には共犯者がいて、その共犯者が永沢を殺害した。コンサートの最中に犯行に及んだのは、小比類巻のアリバイを成立させるため……ってところでしょうか」

「だけど小比類巻と利害の一致する玉山は激しく小比類巻を嫌っていて、共犯のセンは薄い。小比類巻は玉山をマインドコントロール下に置いたものの、詐欺師としては小物だし、複数人を洗脳して操れるほどの賢さを持っているようには思えない。だとすると金を払って誰かに殺しを依頼するぐらいしかないけど、素人に依頼するのはリスクが大きいし、かといって玉山の話から判断するに、小比類巻には反社会組織の人脈はなかった。だからプロの殺し屋なんて雇えないし、そもそも殺害の状況から見ても、プロの仕業ではない」

「めった刺しですもんね。場当たり的だし、強い恨みを感じます」

西野も同意した。絵麻は続ける。

「あとは殺害現場。小比類巻に共犯者がいたとして、そいつが犯行に及んだとしても、雑居ビルの外階段の踊り場なんて人目につかない場所に、ガイシャがのこのこついていくかしら。しかもガイシャはボールペンを取り出して、ホシに取材を試みようとしていたのよね」

「たしかにそうだ。じゃあ、ホシは被害者が取材したいと思うような素性の相手ってことですね」

「しかも、ただ小比類巻の友人とか、関係者とか嘘をついているだけじゃない。ガイシャだって警戒しているだろうから、身元のたしかな相手じゃないと二人きりになろうとしないはず。ここでは人目があるから、という誘いが、ガイシャにとって雑居ビルの階段まで移動するのに説得力を持つほどの相手……たぶん、世間に顔が知れているんでしょう」

西野が腕組みで唸った。

「どう考えても条件に該当するのは、小比類巻しかいませんね」

「ホシはガイシャが取材に使っていた手帳を持ち去った……たしかそれ以外にも、携帯電話も見つかっていないのよね」

「ええ。電源が切られているか破壊されたかで、GPSで追跡もできないようですが、ガイシャが携帯電話を所持していたのは間違いありません」

「フリーライターだもんね。携帯電話を持っていないはずがない。ホシが持ち去ったとすると、通話とかメールの履歴を調べられたくなかったのかもしれない。ということは、ホシとガイシャは直前に連絡をとっていた、とか」

「ありえると思います。もしホシが小比類巻だとすると、取材に応じるといえば永沢はぜったいに乗ってきたでしょうから。小比類巻ほど目立つ容貌をしているなら、ここでは人目につくからと、人気のない場所に誘導されても不審には思いません」

「小比類巻はそうやって、ガイシャを現場に導いた。雑居ビルの階段をのぼり、このあたりでどうですか。ええ、いいでしょう。そしてガイシャは筆記具を取り出そうとする」

「ガイシャが無防備になる瞬間ですね」

西野が想像を確認するように、うんうんと頷く。

絵麻は手刀を凶器の刃物に見立て、西野の腹を突く真似をする。

「小比類巻は刃物を取り出し、ガイシャを刺す。一撃ではとどめを刺せないし、興奮状態でもあるし、これまでの恨みもあるから、何度も何度も刺す」

腹に手をあてた西野が、「うわあっ」と、自分が刺されたように表情を歪めた後、がっくりとうなだれて絶命したふりをする。

絵麻は西野の肩から、バッグを奪う動きをした。

「遺体から必要なものを奪い、現場から立ち去り、なにくわぬ顔で楽屋に戻る……」

「かなり良いセンいってるんじゃないですか」

西野は声を弾ませた。

「いや……やっぱり駄目」

絵麻はしかめた顔を左右に振る。

「小比類巻をホシと考えるなら、どうやって誰にも気づかれずに会場に出入りできたのか。そこを証明できないと」

「それもそうですね。たまたま関係者に見られずに会場を出たとしても、あの風体ですから……目立ちまくりで、小比類巻のことを知らない通行人の記憶にも残っちゃいますね」

西野が長い吐息をついたそのとき、絵麻ははっと目を見開いた。

「そうか。あの格好だから目立つのよ」

「そうですよ。あんな格好だと、どこにいたって人に顔を覚えられちゃいますよ」

「本当にそうかしら」

「はあ？」

「はたして本当に、関係者は小比類巻の顔を正確に記憶できていたのかしら」

絵麻の瞳が企《たくら》みに輝き、西野は不安げに頬を引きつらせた。

4

筒井は小比類巻を睨みつけたまま、ぜえぜえと肩で息を継いでいた。

「いい加減に……認めろ……」

こめかみを伝う汗が、顎からしたたり落ちる。

小比類巻はかぶりを振った。

「認めるもなにも、私は全ろうです。耳が聞こえ——」

「わっ！」

筒井は不意を衝《つ》いた大声とともに、両手を広げて立ち上がった。

「ません」

だが小比類巻に驚いた様子はない。サングラス越しの冷え冷えとした視線に、胸をぐさりと刺し貫かれる。おれはいったい、なにをやってるんだ。プライドがぽきりと折れる音が聞こえた気がした。腰くだけになりながら、椅子に尻を落とした。

「いつまで白を切り通す気だ。もういい加減に認めてくれよ」

今度は泣き落としだ。デスクに突っ伏すと、声が降ってくる。

「すみません。もういい加減に……その後がわかりません。唇の動きが見えなかったもので」

かっと全身が熱くなった。

顔を上げると、無表情なサングラスと目が合った。

「いい加減にしろってんだよ！　この詐欺師野郎が！」

「批判は甘んじて受けます。たしかに詐欺師と呼ばれてもしかたのないことをしました。別人の書いた曲を、まるで自分の書いたもののように振る舞うなど、許されることではありません」

「耳もだよ！　耳も！　あんたは耳が聞こえてる！　あんたのゴーストライターだった玉山だって、あんたの耳が不自由と思ったことなどないっていってるんだ！」

自分の耳を引っ張りながらデスクに身を乗り出すと、小比類巻はわずかに身を引いた。

「ほら動いた！　ほらほらほら！」

すかさず立ち上がり、デスクを回り込んで小比類巻に近づいた。

「いまあんた、身体を引いただろう。おれの声がうるさかったからだ！　おれの声が聞こえてたから、そんな反応になったんだ！」

小比類巻はじっと唇を見つめてくる。

唇なんか見るな！　その必要はないだろ！

聞こえているくせに！　聞こえているくせに！

かっと目を見開いた鬼の形相で覗き込むと、小比類巻は平板な声でいった。

「聞こえていません。あなたの息が臭ったから、思わず避けてしまっただけです」

「きっさま……」

胸ぐらに手が伸びそうになって、ぐっと堪えた。二つのこぶしを握り締め、その場で足踏みをしながら悶絶する。頭に集中した血液が、いまにも顔じゅうの穴という穴から噴き出しそうだ。

「筒井さん、堪えてください！　堪えて！」

綿貫が腰を浮かせながらいう。

「ああ……わかっ、わかってるよ」

嚙み締めた前歯の隙間から言葉を絞り出した。

頑強に否定されて意地になってしまったが、聴覚障害の真偽など些末《さまつ》なことだ。事件に直接関係あるのかもわからない。

落ち着け、落ち着け。

下腹に力をこめて怒りを鎮めようとしたとき、小比類巻の口があっ、と開いた。

「血が……」と自分の鼻を触る。

「わっ、本当だ。筒井さん、鼻血が出ています！」

綿貫に指摘されて鼻の下を撫でると、指先がべったりと赤く染まった。なおも生ぬるい感触が鼻から垂れる。

「ちっくしょ……」

慌てて顎を上げ、綿貫のほうに手を伸ばした。

「ティッシュ……ティッシュ寄越せ。おまえ持ってたよな」

「持ってないですよ。筒井さんいつの話してるんですか」

「なっ……」

なんでこいつは……――。

「トイレ行ってくる」

天井を見上げたまま扉のほうに歩いた。

「僕が開けます」

席を立った綿貫が駆けてきて、勢いよく扉を開く。

その瞬間、がつんと衝撃が走って視界に星が瞬いた。

扉の角が顎を直撃したのだ。

「こんのやろ……」

「すいません！」

もういいと追い払って、取調室を出た。左手で鼻を覆い、右手を前に伸ばして手探りしながら洗面所に向かう。何人かの署員にぶつかりそうになり、何人かの女子署員から悲鳴を浴びせられながら洗面所に辿《たど》り着いた。

個室に入ってトイレットペーパーを巻き取り、鼻に詰めて蓋を閉めた便座の上に座る。天井を見上げ、ときおり首の後ろを手刀でとんとんと叩きながら、鼻血が収まるまで待った。

しばらくして個室の扉を開くと、スーツ姿の男の背中が小便器に向かっていた。反射的に個室に戻ろうとしたが、隠れるより向こうがこちらに気づくほうが早かった。男は顔をひねり、おっ、という口のかたちをした。

「筒井。またおまえか」

捜査二課の同期・三田村だった。どうしてこの男とは、会いたくないタイミングで会ってしまうのだろう。

「それはこっちの台詞だ」

しかたなく個室から出ると、どういうわけか三田村の視線は、筒井の股間に向いていた。見るとジッパーの周囲に、べったりと黒い染みが広がっている。

「おまえ、それ……」

誤解されたらしい。硬い笑みと口調だった。

「違う！　これは違う！」

近づこうとすると、「おいおい、こっち来るなよ」と身体をひねられる。

「いや違うんだって」

「いいんだいいんだ。おれらぐらいの歳になると、珍しいことじゃない。誰にもいわないよ」

三田村は細めた眼に憐憫《れんびん》を浮かべた。

嘘だ。こいつはぜったいにいう。おれのこれまでの失態も、きっと二課でいいふらしているに違いない。

なぜなら、もしもおれがおまえの立場なら、黙ってなんかいないからだ！

「誤解するなよ。これは血だ！　よく見ろ！」

両手で股間のあたりの生地を引っ張りながら近づくと、三田村は慌てて空を蹴った。

「だから来るんじゃないって！」

「血なんだ！　断固としてこれは血なんだ！」

「わかったから。わかったからあっち行ってくれ」

まったく信じていない口ぶりで顎をしゃくられた。

用を足し終えると、三田村は警戒する足どりで洗面台に向かった。

「漏らしたわけじゃない。さっき鼻血が……」

「わかったから、離れていてくれ」

手を洗って蛇口を閉めると、ハンカチで手を拭いながらいう。

「しかしおまえとはいろんな場所で会うな。そうか、あのヤマか。例のベートーベンがどうとかの……」

「ああ。小比類巻。その捜査で来てる」

「あいつはとんでもないペテン師らしいな。なんでも曲を自分で作っていない上、耳が聞こえないっていうのも嘘だとか。勘弁してくれっての。うちの嫁、あいつのCD買っちゃってたんだぜ」

さすがに耳が早い。同期の地獄耳に感心しながら、筒井は愛想笑いを浮かべた。

「そいつは気の毒だったな。たしかに取り調べる身からしても骨の折れる相手だが、おれがしっかりオトしてやるから安心しろ」

筒井が肩を回すと、三田村は怪訝《けげん》そうな顔をした。

「なにいってんだ。取調官はおまえじゃないだろう」

「おまえこそなにいってる。おれが取り調べてる」

「じゃあ……」

三田村はいいかけてやめた。

「いや。そうだな。なんでもない」

「なんだよ」

妙な胸騒ぎがした。

「本当になんでもないんだ。おれの見間違いだろう」

「なにがだ」

「さっき見かけた気がしたんだ。取調室に入っていくのを」

「誰が」

そのとき、綿貫が入ってきた。走ってきたらしく、息を切らしている。

「おまえ……なんでここにいるんだ。小比類巻は……」

聞く前から答えがわかった。一瞬で頭に血がのぼる。

そして、綿貫は予想通りの報告をした。

「すいません、筒井さん。エンマ様がやってきて取調官交代だって……あ、筒井さん、また……」

綿貫が鼻の下を手の平で撫でる。

筒井も同じことをすると、手の平はまたもべっとりと血で染まっていた。

5

絵麻はデスクにつくや、『尖塔のポーズ』をとった。動画サイトの映像をたっぷりと見ているので、サンプリングはすでにじゅうぶんすぎる。

「はじめまして。私は楯岡絵麻。そしてそっちのデカいのが西野」

背後でキーボードを叩く西野を顎でしゃくると、正面に向き直った。

「早速だけど、あなたに見て欲しい映像があるの」

絵麻はスマートフォンを取り出した。撮影した動画を再生させ、画面を小比類巻に向ける。

「なんですかこれは」

小比類巻は不愉快そうに眉をひそめた。画面と絵麻を交互に見る。

「ふざけているんですか」

「ふざけてなんかいないわ。いたって真面目に、一生懸命に撮った動画よ。まあ続きを見て」

小比類巻が不機嫌になるのも当然だった。

画面に映っていたのは、長髪のかつらにサングラスをかけ、ダークスーツを身にまとった西野だったのだ。

撮影者は絵麻だった。小比類巻の扮装《ふんそう》をした西野を引き連れて、ある場所に向かっている。

「これは……」

「そう。あなたがコンサートを行った、十条会館の大ホール」

二人は建物を回り込み、裏手に移動する。そこには関係者通用口があった。

西野を待たせ、絵麻だけが警備員詰所の小窓に向かう。小窓からは初老の警備員が顔を覗かせた。

「その警備員さん、あなたも覚えているかしら。コンサートの日も関係者出入り口の警備を担当していたらしいわよ。捜査のために、建物の内部を見せてくださいってお願いしたの。同行した西野のことは、三日前にこの会場でコンサートを行った作曲家だと説明している……つまり、あなただと」

小比類巻はなにかいいたそうに顔を上げたが、口を開くことなくふたたび画面に視線を落とした。

建物に入ると右手にトイレの入り口が男性用、女性用、身障者用と並び、突き当たりを左に曲がると楽屋の扉が左手に並ぶ。一番手前が、小比類巻の楽屋として使用された部屋だった。だがもちろんすでにその痕跡はなく、ドレッサーやハンガーなどがあるだけのがらんとした空き部屋だ。

部屋に入ると、西野は着替えを始める。かつらとサングラスを外し、ダークスーツも脱いで、あらかじめ持参したTシャツとジーンズのカジュアルな服装になった。

西野が着替え終えると、二人は部屋を出て関係者通用口に向かう。

「そこからが見ものだから。警備員さんがなんというかよく聞いてて……いや、あなたの場合は唇をよく見て、かしら」

絵麻にいわれずとも、小比類巻は画面から目を離せない様子だった。眉根を寄せて釘付けになっている。

少し離れたところで西野を待たせ、絵麻が入館時に受け取った入館者証を差し出すと、小窓から顔を覗かせた警備員はこういったのだ。

「あれ、先ほどご一緒だった男性は？」

動画の再生が終わっても、小比類巻は液晶画面に視線を留めたまま動かなかった。

絵麻は上目遣いに覗き込む。

「返してもらっていい？」

スマートフォンを下げようとして、ようやく我に返った様子だった。

「人は意外なほど他人の顔を見ていない。とくに変わった髪型や眼鏡《めがね》、ピアスなどのアーチファクト——心理学用語で身体や衣服を飾るアクセサリーのことだけど、そのアーチファクトに個性が強く表れている場合には、目鼻口や輪郭といった本来の顔立ちなどは、ほとんど覚えていないケースが多い。一度だけ、しかもほんの少しの時間しか会わない相手の顔を、時間が経って思い出そうとしても、『眼鏡をかけていた』とか『髪が金髪だった』などのアーチファクトしか思い出せないという経験は、誰にでもあると思う。もちろん、日常的にあなたと接していたり、かねてからあなたの大ファンだったりという人なら、もとの顔立ちのぜんぜん違う西野の扮装なんて、すぐに別人だと見破るでしょう。だけどクラシック音楽に興味がなくてあなたのことを知らず、そもそもあまり興味もなく、コンサート当日だけ、会場に出入りする数秒しかあなたを見ていない警備員となると、話は違ってくる。長髪、サングラス、ダークスーツというアーチファクトは特徴的だから、あなたの印象は強い。だけど実際には、強すぎる印象が記憶をぼやけさせる。長髪、サングラス、ダークスーツ……その印象しか残らない。だから警備員は入館時にあなたの扮装をした西野を見ても、三日前にコンサートを行った作曲家と別人だとは思わないし、そもそも西野のことすらよく見ていないから、退館時に私と一緒に出てきたのが、入館時に私と一緒にいた人間だとも気づかない」

小比類巻は唇を小刻みに震わせていた。

「あなたさ――」

小比類巻の視線が上がり、絵麻の顔を見る。

声に反応してしまったことにも、気づかなかったらしい。

「かつらなんでしょう？」

自分の髪に手櫛《てぐし》を通すと、絵麻はにやりと笑った。

サングラスの奥の瞳が泳いでいる。どうやら間違いなさそうだ。

「世間では、あなたはかなり特徴的な風貌の人物として記憶されている。しかし実際の顔立ちが特徴的というわけではなく、容姿の特徴を形成するのは長髪、サングラス、ダークスーツといったアーチファクト。だからそれらを身に着ければ、誰でもあなたの物まねができる。でもそれって裏を返せば、それらアーチファクトを取り除いてしまえば、誰だかわからなくなるってことよね。ダークスーツは脱げばいい。サングラスは外せばいい。ただ長髪にかんしては、後ろで縛るとそれも特徴的なアーチファクトとして機能してしまうし、キャップやハットなどの帽子に髪を収めて隠すにしても、帽子自体がアーチファクトになる。だから、かつらじゃないかと思ったの。刑事ドラマなんかだと、よく変装して人の目を欺こうとする犯人がいるけれど、あなたの場合は逆。いわば、日常的に変装していたの」

「違う……」

かぶりを左右に振る直前の、頷きのマイクロジェスチャー。

「違わない」

「ちが……」

自分の肩に手を置くなだめ行動。

「いいえ。違わない」

しばらく無言で見つめ合う。

先に目を逸らしたのは、小比類巻のほうだった。眉間に皺を寄せ、うつむく。

その後もしばらく葛藤している様子だったが、やがて自分の髪の毛を摑むと、そのまま手を下ろした。髪の束がばさりと落ちる。そしてサングラスも外し、デスクに置いた。

背後で西野の息を呑む気配がした。

「悪くないじゃない。年相応のおじさまって感じで」

現れたのは、角刈りに近い短髪に白髪をまぶした、どこにでもいそうな雰囲気のくたびれた中年男だった。先ほどまでとは別人のような印象だ。こころなしか、身体まで萎《しほ》んだように見える。

絵麻はなぶるような目つきで、小首をかしげた。

「いまのあなたの顔を、写真に撮らせてもらってもいい？　その写真を持って、あらためて現場付近で聞き込みをしたら、どういう結果になるかしら」

小比類巻はまぶたを閉じた。あらためて決意を固めるように、長い息を吐く。

「被害者に呼び出されたか、あなたが呼び出したのか知らないけど、あなたたちはコンサート中に、会場の外で会う約束をしたんでしょう。あなたはかつらとサングラスを外し、ダークスーツもジャケットを脱ぐかして、別人のような容貌になって外に出た。もしかしたらかつらかサングラスのどちらか一方、あるいは両方のアーチファクトを持ち出していたかもしれないわね。それがなければ誰も気づかない代わりに、被害者の永沢さんからも気づかれないかもしれない。だから、待ち合わせ場所に近づくとアーチファクトを身に着けてみせる。そうやって被害者と合流したあなたは、人目につかない場所でならインタビューに応じてもいいと、永沢さんを雑居ビルの外階段に誘う。そして人気のない踊り場まで行き、永沢さんが筆記具を取り出そうとするときに、あなたも刃物を取り出す。そしてグサリ……永沢さんを殺害したあなたは、これまでの取材の成果が記された手帳や、直前に交わされたメール履歴の残った携帯電話を奪って、現場から立ち去る。関係者通用口から入館する際にはアーチファクトを外しているから、警備員はスタッフの誰かだと思う」

耳が聞こえておらず、目を閉じている小比類巻に絵麻の言葉は届いていないはずだが、ところどころで微細反応やなだめ行動が見られた。

やがて小比類巻が目を開ける。

「こうなったらしかたがありません。私です……私がやりました」

その瞬間、絵麻は違和感を覚えた。

「本当に？」

「はい。私がやったんです」

やはりそうだ。最初は唇を内側に巻き込むしぐさ。次には視線を逸らすしぐさ。

小比類巻は嘘をついている。

つまり、殺していない——？

アーチファクトを外して、誰の記憶にも残らずに関係者通用口を通過したことは間違いない。そしてその目的も、永沢との面会で間違いない。

「よければ、スマホのメール履歴を見せてくれる？」

小比類巻は素直にジャケットの内ポケットに手を突っ込み、画面にメールフォルダを開いてスマートフォンを差し出した。

予想通り、事件直前に被害者との間でメールが交わされていた。永沢から小比類巻を呼び出したようだ。『最後通告』という件名で、小比類巻からの回答がない場合はそのまま記事にするという内容のメールが届いていた。それにたいし、小比類巻はコンサート中の面会を要望している。永沢はなぜ公演中なのかと不審がったようだが、最終的には同意し、十条会館敷地内にある噴水の前を待ち合わせ場所に指定した。殺害現場となった雑居ビルは、狭い通りを挟んですぐ向かいだ。

絵麻は交信内容を読み上げ、その都度、小比類巻に間違いないか確認した上で、西野に記録させた。

そしてあらためて訊いた。

「あなたが殺したので、間違いないのね」

「はい」

頷く直前の否定のマイクロジェスチャー。

「嘘つき」

小比類巻は驚きに目を見開いた。

「あなたは永沢さんを殺していない」

西野が驚いて椅子を引く音がする。

「な、なにを……」

戸惑う小比類巻に畳み掛けた。

「じゃあ、遺体から奪ったノートパソコンはどこにあるの」

「ノートパソコン……」

「そう。被害者が取材したデータが入っていたノートパソコン。あれが欲しくて、殺したんでしょう」

一瞬言葉に詰まった小比類巻が、何度か慌ただしく頷く。

「あれは処分しました」

「嘘。被害者はノートパソコンを持っていなかった。取材の際はいつも肉筆で、手帳に記録していたんだって」

小比類巻の顔から血の気が引いた。

絵麻は面倒くさそうに手を払う。

「あなたの人生って、嘘で塗り固められてるのね。なに一つ本当のことがないじゃない。作曲も嘘、聴覚障害も嘘、髪の毛も嘘、犯行時刻にコンサート会場から出ていないというのも嘘、あげく殺してもいない相手を殺しましたって……なんでそんな嘘つくの。自分に有利とか不利とか以前に、たんに嘘つきたいだけの天邪鬼《あまのじゃく》なの」

「聴覚障害は本当です」

「嘘だあっ」

「嘘ではありません。天地神明に誓って、それだけは本当です」

「いちいち芝居がかってるわね。いくつも嘘がバレた人間の、それだけは本当です、なんて信じられるわけないじゃない」

「信じてください」

「無理。全ろうにしては発音が明瞭すぎるし、ときどき私の口もとを見ていないのに、発言を理解しているようなときがあるわよ」

「誰がなんといおうと、真実は一つです」

小比類巻が腕組みで目を閉じた。貝になるつもりか。

絵麻はやれやれと椅子の背もたれに身を預ける。

わけがわからない。嘘は次々と暴かれた。殺したという自白さえ嘘だった。この期に及んで、なぜ自分が聴覚障害者であるという設定に固執するのか。ミュンヒハウゼン症候群だろうか。障害がなくなり、他人から同情を買う材料がなくなることを恐れているのか。

「ま、いいわ。とりあえず真犯人が誰か教えてちょうだい」

聴覚障害について追及されたからか、小比類巻の強い視線を唇に感じた。

「知りません」

「知らないはずはない。誰が犯人か知らないのに、あなたが殺人犯の汚名を着る理由がない」

「知らないものは知らないんです」

「嘘。なだめ行動出まくってるから」

「なだめ行動？」

「いいからもったいつけてないで教えて。あなたの身近にいる人なんでしょう」

玉山ではない。暴力団絡みでもない。となると当日、コンサート会場にいた関係者か。さすがに公演中にオーケストラ団員が抜け出すのは無理だろうから、観客かスタッフ。誰にしろ、会場を出入りするのはリスキーではないか。小比類巻が誰の記憶にも残らずに会場に出入りできたのは、彼がアーチファクトによってかなり特徴的な容貌だと周知されていたおかげだ。

アーチファクト……まさか。

ふいに降りてきた閃きに、背筋が伸びた。

もしもこの仮説が正しければ、すべてに筋が通る。被害者が犯人を取材しようとした理由も、被害者が無警戒に人気のない場所へと誘導されたことにも、小比類巻が犯人を守ろうとし、またゴーストライターについてはあっさり認めているにもかかわらず、かたくなに聴覚障害と嘘をつき続けていることにまで。

絵麻はメモ用紙にペンを走らせ、背後に差し出した。

「西野。これ本部にお願い」

椅子を引いて受け取った西野が、メモを確認してぎょっとする。

「そういうことだから」

絵麻は確信とともに頷いた。

6

西野が戻ってくるのを待って、絵麻は取り調べを再開した。

両手で口もとを覆い、唇の動きが見えないようにする。

「あなた、聞こえてないのよね」

小比類巻は反応しない。いや、正確にはマイクロジェスチャーが表れているが、本人は反応していないつもりでいる。

「了解。認めないのね。このまま話をするわ」

「あの……なにかおっしゃっているようですが、唇の動きが見えなければ、理解できないのですが」

白々しい演技だ。無視して話を続けた。

「私の推理を披露するわ。事件当日、コンサート中に被害者の永沢さんと会う約束をしたあなたは、変装をして……というか、どっちが変装なのかわからないわね、とにかくどこにでもいる普通の中年男性の格好になって会場を出た。なぜコンサート中だったのかというと、永沢さんからのメールが『最後通告』という件名の緊急を要する内容だったのもあるし、なにより、コンサート中のほうがむしろ第三者の眼を気にしないで済むから。まさかコンサート中に会場の外にいるなんて、誰も思わないしね。誰にも気づかれずに会場に出入りさえできれば、一番安全な時間帯なのよ。そうしてあなたは待ち合わせ場所に行ったけれど、永沢さんは現れなかった。違う？」

まだ聞こえないふりを続けるようだ。だが、マイクロジェスチャーが、絵麻の推理の正しさを認めている。

「永沢さんと会うことのできなかったあなたは会場に戻り、コンサートを終える。なにごともなかったかのように振る舞いながら、内心は怖くてしかたがなかったでしょうね。『最後通告』をしてきた永沢さんを思い留《とど》まらせるつもりが、会うことも話をすることもできなかったわけだから。彼の気が変わって、いまごろ原稿を書いているのかもしれないってビクビクしたでしょう？　ところがその後、永沢さんが殺害されていたことを知った。あなたには、すぐに犯人が誰かわかった。だが警察にたいしては口を噤《つぐ》むことにした。そのまま真相がうやむやになり、できればあなたも、真犯人も逮捕されずに済むようにと願った。だが警察は甘くない。あなたがアーチファクトなしで外に出た可能性があると考える。もしもアーチファクトなしの写真を持って現場周辺で聞き込みでもされれば、あなたを見たという目撃証言が出てくるかもしれない。そうなったら困る。あなた自身は犯行に関与していなくても、あなたは真犯人が誰かを知っている。そのことを警察から追及されたら、あなたには真相を隠し通せる自信がなかった。どうしても真犯人を守りたいあなたは、とっさに自分がやったことにして、犯行を自供した……ここで一つ問題。なぜゴーストライターの存在をあっさり認めたあなたが、聴覚障害が嘘であることだけは認めないのか……不思議じゃない？　あなたが全ろうであり続けることに、なんのメリットがあるっていうの。ゴーストライターの存在を秘密にし続けるほうが、ビジネス的にはメリットが大きそうじゃない。なのにあなたは、自分が全ろうであることのほうにこだわり続けている。しばらく面と向かって話していれば普通の人でも違和感を覚えそうな下手くそな演技だけど、健気に自分が聴覚障害者であるといい張り続けている。なんでだろう」

口を覆っていた手の指先同士が合わさり、『尖塔のポーズ』になる。

「こういうのはどうかしら。永沢さんから待ちぼうけを食わされたとき、あなたは聞いてはいけない音——というより、聞きたくなかった音を聞いていた。その音を聞いていたせいで、永沢さんが殺されたと知ったとき、すぐに犯人が誰かわかったの」

小比類巻は目を閉じて話を聞かないようにしている。だが痙攣する頬が、聴覚が完全に機能していることを伝えていた。

絵麻は視線を鋭くして、いった。

「あなたは音を聞いたのよね。鈴の音を」

小比類巻の顔から、すっと血の気が引く。当たっているらしい。

「永沢さんは刺された際、手に持っていたボールペンを落としている。モンブラン社のボールペンはボディーが金属製だから、地面に落ちるときに甲高い音がしたでしょうね。おそらくあなたはそのボールペンが落ちる音に反応し、地面で光るボールペンに気づいて、現場となった雑居ビルに近づいた。そして上空でかすかに鳴り続ける鈴の音を聞いた。だがその時点では、あなたには鈴の音の意味するところがわからなかった。だからそのまま会場に戻った。ところが永沢さんが殺されたと知ったときに、ぴんと来た。事件現場にいたのは、樋口七緒さんだったのか。彼女が永沢さんを殺したのか。あのとき聞いた鈴の音は、やはり彼女のスマホのストラップだったのか……と」

絵麻は身を低くし、挑発的に見上げた。

「ねえ、なんで彼女が犯人だと知っていながら、身代わりになろうと思ったの。あなた、散々他人を利用して騙してきたペテン師じゃない。サイコパスじゃない。今回もさっさと他人を生贄《いけにえ》に差し出して、自分の身の潔白を証明したらよかったのに。どうして急に、自己犠牲の精神に目覚めちゃったわけ。もしかして、二十歳の女の子を本気で好きになっちゃった系？　あなたの半分以下の年齢の若い子が、あなたのために殺人を犯してくれたと思って、胸打たれちゃった？　おれが守らないとって、変な使命感に目覚めちゃった？　ああ気持ち悪い。四十過ぎのおっさんが純愛ごっこなんて……自分の中では美談みたいになってるのかもしれないけど、結局、被害者の永沢さんを無視してるところがサイコパスなのよ」

小比類巻がかっと目を見開いた。白目が血走っている。

「なんだ。やっぱり聞こえてんじゃない」

怒りに燃えるような眼差しを、眉間に力をこめて撥《は》ね返した。

「あなたに一つ、いいこと教えてあげる。あなた、樋口七緒があなたを慕うあまり、あなたを苦しめていた永沢さんを殺した……とか思ってるでしょう。それ、勘違いだから。あのタマはそんな理由でリスクを冒すような真似はしない。人のために自分を犠牲になんてしない」

ふたたび小比類巻がまぶたを閉じる。きつく目を瞑《つむ》り、眉間に深い皺を寄せ、心の葛藤が手にとるようにわかるような表情だった。

絵麻は椅子を引き、デスクの横に移動して、小比類巻に斜めに向き合うかたちになった。両手で頬杖をついて、艶っぽい声を出す。

「気になってるでしょ。それならどうして、あの女の子は永沢さんを殺したんだ？『新世紀のベートーベン』のゴーストライター疑惑を取材していたフリーライターを殺したって、あの子にはなんの得にもならないじゃないか。あの子はおれのことが好きで好きでたまらないから、だからおれの敵を排除しようとしてくれたんだ、それ以外にどんな動機があるというんだ……って。残念ね。人は見たいものだけを見て、信じたいものだけを信じる。あなたが信じているのも、真実ではない。ま……ようは同じ穴のむじなだったってこと。ペテン師がペテン師に騙されただけの話よね」

絵麻はふっと微笑んで頬杖を解き、デスクを這うような動きで小比類巻に近づいた。

耳もとに顔を寄せ、囁く。

「考えてもみてよ。疑問に思わないの。関係者の誰も、事件前後に彼女が会場を出入りしたとはいっていない。どうやって誰の記憶にも残らずに、会場に出入りできたの。そしてどうやって、現場となった非常階段の踊り場まで移動できたの」

小比類巻がはっと目を見開く。

「わかった? あの子はあなたのために殺したんじゃない。自分の保身のために殺したの」

絵麻はにやりと意地悪に笑い、声に吐息を絡ませた。

「あの子は、あなた以上に特徴的なアーチファクトを持っていたでしょう」

7

「お疲れ様でした!」

西野と乾杯し、絵麻はジョッキを傾けた。

新橋ガード下の居酒屋での、恒例の祝勝会だ。

いっきに中身を半分ほどにしたジョッキをカウンターに置きながら、西野がしかめっ面でかぶりを振る。

「いやあしかし、酷《ひど》い事件でしたね。登場人物全員嘘つきなんて」

「人格障害者同士の怪獣大戦争みたいなものだからね」

絵麻の予想通り、小比類巻は事件発生時に、現場近くで鈴の音を聞いていた。なぜ樋口七緒が近くにいるのかと訝《いぶか》ったが、小比類巻自身もその場にいてはいけないのだ。永沢の姿がないのを確認すると、慌てて会場に戻ったという。

任意同行した樋口七緒は、取調室に入るまでこそ車椅子だったものの、家宅捜索で押収された被害者のバッグを突きつけられて自供した後は、しっかりと自分の脚で歩いて取調室を出た。

「あれ見ました？　樋口が検察に移送されるときのニュース映像。護送車に乗り込むまでもまったく顔を隠そうとしないし、ぜんぜん悪びれてなくて、むしろ晴れ晴れとした表情で、集まった報道陣に向かって、『ありがとうございます』って両手を振ってたの。気持ち悪くて反吐《へど》が出そうでしたよ。あんな状況で、なんであんな嬉しそうな顔ができるんですかね」

西野が吐き気を堪えるように胸を押さえる。

「実際に嬉しくてしょうがなかったんでしょう。ミュンヒハウゼン症候群なんだから。

それまでも脚が不自由なふりをしたり、必死に世間から注目されようとしていたけど、いまはなにもしなくてもその何倍もの注目を浴びている。彼女にしては夢が叶ったってことだもの」

「しかし注目されるにしても、どういうかたちで注目されるのかが大事じゃないですか。犯罪者として注目されたって、嬉しくもなんともないですよ」

「それは普通の人の感覚。サイコパスに一般人の物差しなんか通用しない。これまでも散々おかしな犯罪者を見てきたでしょう」

「まあ……そうですけどね」

西野はお新香の小皿から胡瓜《きゅうり》を口に放り込み、ぼりぼりと嚙み砕く。

発見された永沢の手帳により、永沢が取材していたのはたんなる『小比類巻のゴーストライター疑惑』ではなく、『ゴーストライター疑惑の作曲家と、脚の不自由なふりをする女子大生の欺瞞《ぎまん》に満ちた交流』であることがわかった。永沢は小比類巻を取材する過程で樋口七緒の障害に疑いを持ち、取材方針を切り換えたらしかった。『最後通告』のメールは小比類巻だけでなく、樋口七緒にも送信されていた。どうやら永沢は、その場で小比類巻と樋口七緒を鉢合わせさせる腹積もりだったようだ。しかし先に到着した樋口七緒のスマートフォンにつけられた鈴の音を聞いた小比類巻は、その場から逃げ出してしまった。

「それにしても、児童養護施設育ちという経歴すら嘘だったなんて。脚が不自由っていうのも嘘だったし……それって、ただの普通の人じゃないですか。小比類巻も耳は聞こえるし、作曲もしていない普通の人……ってことは、僕はただの普通の人を見て感動してたってことですよ。なんか、感動を返してくれって感じ」

腕組みした西野が、怒りを思い出したように頬を膨らませた。

西野のいう通り、テレビ番組などで報じられていた樋口七緒のプロフィールは、名前と年齢以外のほとんどが嘘だった。大学にも入学しておらず、フリーター生活をしていたらしい。永沢の取材メモには『一年前までカラオケ店で一緒にアルバイトしていた女の子が、児童養護施設育ちの障害者としてテレビに出ていたから驚いた』という、かつてのバイト仲間の証言もあった。メモによると証言者の口は異様に重く、永沢が取材に苦心した様子がうかがえた。無理もない。人格障害者は自分の周囲の人間をはっきり敵と味方に二分し、味方にはあの手この手ですり寄り、敵と判断した人間を徹底的に攻撃する。味方と判断した側に嘘の情報を与え、兵隊として攻撃に参加させる。そのため敵として排除された人間はトラウマを植え付けられ、どんなかたちであれかかわりたくないという心理が働くようになる。

「それもおかしな話じゃない。小比類巻が障害者であろうと健常者であろうと、小比類巻の名前で発表された曲の内容が変わるわけじゃない。あんたは小比類巻の耳が聞こえないから、曲を聴いて感動したの」

「それは……」

答えに詰まる西野に、追い打ちをかけてやる。

「そういえば、いつかどこかの誰かにいわれたわね。私には素直に芸術を愛でる心もないって」

「た……楯岡さぁん、もう勘弁してくださいよぉ」

泣き真似で袖にすがってくるのを冷たく振り払った。

「まあ、『ハロー効果』で、小比類巻の曲に感動する人が多くなるのもしかたないけど」

「なんですか。『ハロー効果』って」

「一つ飛び抜けた特徴がある人を評価する場合、ほかの部分についての評価も引きずられて歪むという心理効果のこと。説明だけだとわかりづらいかもしれないけど、実はすごく簡単なことよ。たとえば、医者や弁護士など社会的地位の高い職業に就いていると、人格的にも優れていると評価されがちになるとか」

「なんだ。そういうことか。それならよくわかります。つまり小比類巻には障害があるから、それだけでほかのことにも好意的な評価が下されやすいってことですね。だから小比類巻の作品というだけで、音楽も素晴らしいという評価をされる」

「そうそう。障害者にだって善人もいるし、もちろん悪人もいる。ところがどういうわけか、世間では障害者すなわち善良という評価になりがちよね。なんにしろ、物事を客観的に評価するのは難しい」

「じゃあ小比類巻の曲を聴いて感動した僕は、間違っていないんだ」

あっはっはっと、異常なほどに屈託のない笑い声が響く。

「馬鹿には違いないけど」

一刀両断に口を塞いでから、続けた。

「『ハロー効果』は、樋口七緒にたいしても起こっていた。車椅子の障害者というだけで、人格までも肯定される。コンサート運営のスタッフたちの間では、よく揉め事が起こっていたけれど、いつも彼女と対立する人間が排除されるかたちで解決していたらしいじゃない。たぶん、よくよく双方のいい分を聞けば樋口の主張の不自然さに気づいた人もいたのだろうけど、彼女への『ハロー効果』のせいで、冷静なものの見方ができる人は少なかった。車椅子の彼女が他人にひどいことをするはずがないという歪んだ思い込みが、彼女を女王様にした。車椅子は、彼女にとっての鎧《よろい》だったのかもしれないわね。それだけで他人が自分を高く評価してくれる。やさしくしてくれる」

「そうですね。樋口が書いたファンレターから小比類巻との交流が始まったというけど、もしも樋口が健常者だったら、小比類巻も返事は書かなかったかもしれないし、樋口発案でのコンサートも実現はしなかったかもしれませんね。少なくとも、樋口の取り組みがマスコミであれほど大々的に取り上げられることはなかった」

「小比類巻まで樋口の身代わりになろうとするんだから、『ハロー効果』さまさまよ」

「そういう意味では、同じペテン師でも樋口のほうが一枚上手だったんですね」

「単純にそうともいい切れないけれどね。自らも障害者を演じつつ、コンサートには児童養護施設の子供たちを無料招待する。小比類巻と違って金銭的な利益を目的としていないから、周囲も疑いの目を向けづらい。はっきりいえるのは、樋口のほうが自己愛が強かった、ということぐらいかしら」

「まったく、女は怖いなあ」

西野が自分を抱きながら、身震いする。

このところワイドショーや週刊誌では、小比類巻と樋口七緒の実像が暴かれ始めている。ところが殺人を犯した樋口七緒よりも、小比類巻をメインに据えた記事のほうが多いようだ。以前から小比類巻を疑わしく思っている記者は多かったらしいが、まさか樋口七緒も障害を装っているとは思わず、取材が遅れているのが実情らしい。絵麻も番組で見た樋口七緒からは、小比類巻への常軌を逸した執着に気味の悪さを覚えたものの、障害の偽装には想像も及ばなかった。続けていたらいずれボロが出ただろうが、少なくとも初期段階では、樋口七緒は『ハロー効果』による印象操作に成功したといえる。そういう意味では、たしかに小比類巻より一枚上手かもしれない。

「だけど望んでいた注目を浴びたことで、樋口は人を殺す羽目になり、結局逮捕されたんだから。男だろうと女だろうと、肥大し続ける自我はいずれ自分を滅ぼすってことよ」

本人の供述によると、樋口は車椅子を身障者用トイレに置いて会場を出たらしい。変装といえる変装はなく、結んでいた髪を下ろし、脱いだ上着を腰に巻くだけだったという。それでもすれ違った数人のスタッフは、樋口を樋口と気づかなかった。

「そうか。注目されるっていうのも考えものですね」

「大丈夫。あんたには一生縁のない話だから」

「どうしてですか」

「それを私にいわせる気？」

絵麻が横目を向けると、西野は対抗するように胸を張った。

「僕だってね……」

懐を探り、「じゃーん」と眼鏡ケースを取り出す。

「なにそれ」

「楯岡さん、いってたじゃないですか。アーチファクトに個性が表れていると、それしか記憶に残らないって。たしかにかつらとサングラスを外した小比類巻は、別人でした。だから、僕もこれから眼鏡キャラに路線変更してみようかと思いまして」

「なに。顔に自信がないからって、女の子の視線を逸らす作戦に出るの。方法としては間違っていないけど」

「なにいってるんですか。眼鏡男子で知的な自分を演出ですよ」

「不思議ね。あんたの口から聞くと知的って言葉が褒め言葉に聞こえない」

西野はいそいそとケースから取り出し、眼鏡をかける。

「どうですか」

得意げな西野をしげしげと見つめながら、絵麻は腕組みした。

「なんか……眼鏡かけると誰かに似てるわね」

「えっ、誰ですか」

「誰だろう。すごく……すごくよく見ている気がするんだけど」

「見てるってテレビでですか？　芸能人ですか」

「ううん。かもしれないし、そうじゃないかもしれない……」

「俳優？　まさか、ジャニーズとか？」

西野が目を輝かせたそのとき、絵麻は吹き出した。

「なんですかいきなり」

「ごめん。思い出したから。渋谷駅前のモヤイ像だった」

「ええっ……」

不機嫌そうに口角を下げるとよけいに似ている気がして、笑いが止まらなくなった。

8

西野圭介はJR山手線田端《たばた》駅の改札をくぐると、凝り固まった身体をほぐすように大きな伸びをした。

火照った顔にひんやりとした夜風が気持ちいい。疲労はあるが、事件を解決した充実感のほうが勝っている。

警視庁の単身寮までは、駅から徒歩十分ほどの距離だ。ただし今日は、いつもより五分ほど余分にかかるだろう。祝勝会を終えた夜は、いつもぶらぶら回り道をして余韻に浸るのだ。

コンビニに入った。雑誌棚を見るともなく見て、写真週刊誌を手にとった。ぱらぱらとめくり、興味のある記事を流し読みした。大好きなアイドルが路上キス写真をスクープされている。清純派というキャッチコピーを額面通りに受け取るほど幼くもないが、騙すなら騙し通して欲しい。少しだけへこみつつ雑誌を棚に戻した。

ビールを買って帰ろうと、飲料ケースの前に移動した。いつもは発泡酒だが、事件解決の後だけはビールと決めている。どの銘柄にしようかと悩んでいるうちに、こんなに悩むのなら先につまみを選ぼうと思った。順番が逆だと、ビールがぬるくなる。じっくり時間をかけてつまみを選んだ後、ふたたび飲料ケースの前に戻った。

そこには、女が立っていた。

見覚えのある女だと思った。だがどこで会ったのかが思い出せない。

年齢は自分と変わらないか、少し下ぐらい。とりたてて美人ではないが、丸みを帯びた鼻が親しみやすい印象だ。

女がこちらを振り向く気配がして、西野は女の横顔を凝視していたことに気づいた。とっさに顔を背けようとして、しかし、こちらを向いた女があっ、という顔をするのに気づき、視線を戻した。

そして正面から顔を見たとき、ようやくその女のことを思い出した。

「あっ……」

思いがけず大きな声が出て、レジのほうから店員がうかがうのがわかった。

なるほど、アーチファクトは重要だ。白衣を着ていないと誰だかわからない。楯岡の言葉を実感した。

近藤美咲。

女は精神医療研究センターに勤務する看護師だった。

第四話

火のないところに煙を立てろ

1

刑事部屋の出入り口に人影を認めて、西野は腰を浮かせた。

入ってきたのは先輩刑事の綿貫だった。一見して昨夜の深酒がわかる、むくんだ顔をしている。

なんだ、綿貫かよ——。

心で舌打ちをしながら椅子に座り直そうとしたとき、目が合ってしまった。がに股で歩いた綿貫が、西野のデスクにもたれるように立つ。

「おはようございます」

首をすくめて挨拶すると、返ってきたのは大きなあくびだった。全身を使ってのこれみよがしなあくびが咎《とが》められないのも、西野たちの所属する班が在庁番だからだ。次の捜査本部に招集されるまでは、各々《おのおの》が好きなことをして過ごすことができる。

「なんか用か」

目に浮かんだ涙を拭いながらの、寝ぼけた声だった。

「えっ……どうしてですか」

とぼけてみせると、片眉を上げた疑わしげな顔が近づいてきた。うっすら酒の臭いがする。

「だっておまえ、おれに話がありそうだったじゃないか」

「僕が？」自分を指差すと、綿貫が頷く。

「そうだよ」

「まさか。綿貫さんに話なんてないですよ」

他意はないのだが、たしかにいい方も悪かった。綿貫の眉の角度が上がるのと比例するように、声も鋭くなる。

「どういう意味だそれは。きさま、おれのこと馬鹿にしてんのか」

唇同士が触れそうなほど顔が近づいて、西野は思わず仰《の》け反《ぞ》った。

「別にそんなつもりは……」

「じゃあどんなつもりなんだよ」

「どんなつもりって、いっても」

スラックスのポケットに両手を突っ込み、低い姿勢から三白眼で見上げてくる。まるでカツアゲをする不良学生のようだ。西野は中高生のころを思い出しながらできるだけ小さくなり、嵐が過ぎ去るのを待った。

「だいたいな、おまえには先輩を敬う気持ちが足りないんだ」

「そんなことないですよ。綿貫さんのことは、尊敬して……」

つくづく馬鹿正直な性格だと思う。語尾が小声になった。

「人の話を聞くときは、ちゃんと相手の目を見るもんだ」

目を見たら見たで、反抗的だとかいちゃもんをつけてくるくせに。

ちらりと綿貫を見ると、予想通りの展開が待っていた。

「なんだ。その反抗的な目は」

ほら、いわんこっちゃない。

すると、珍しく筒井が仲裁してくれた。

「綿貫。うるさいぞ。朝からカリカリしてんじゃない」

筒井は自分のデスクの上にティッシュを敷き、爪切りをしている。

「だけど筒井さん……」

「いいからほっとけ」

爪をやすりで削り、ふうと息を吹きかけた。

そのかすかな空気の流れが、西野の鼻孔にかすかなクロエのフレグランスを運んできた。

西野は反射的に立ち上がっていた。

「楯岡さん！」

「痛っ……！」

弾かれたようにたたらを踏んだ綿貫が、鼻を押さえる。立ち上がった拍子に、西野の肩がぶつかったようだ。

「あ、すいません」

「おいこらっ、西野っ」

手刀を立てておざなりに謝り、綿貫を置き去りにした。

部屋の出入り口できょとんとする楯岡に向かって、早足で近づく。

「おはよう。西野」

「おはようございます」

大股で歩く勢いそのままに、強引に部屋の外へと押し出した。

「ちょっと、なにすんの……」

「いいから。来てください」

抵抗する両肩を摑み、廊下を進んだ。

「なんか、綿貫が怒ってたみたいだけど」

「それどころじゃないんです。あんなの放っといてください」

空き部屋の扉を開け、楯岡を押し込んだ。自分も入って、後ろ手に扉を閉める。

「なんなのよいったい。朝っぱらから」

楯岡が不機嫌そうに自分を抱く。

「大事な話があるって、メールしたじゃないですか」

「知らないわよ。いつ？」

「さっき、出勤中に送りました」

「そんなの気づかないし」

ハンドバッグからスマートフォンを取り出し、「本当だ」と呟く。

「ってか、また大野《おおの》からＬＩＮＥ《ライン》来てる。最近しつこいのよね」

鬱陶しげに顔をしかめた。

「誰ですかそれ」

「前に合コンで知り合った医者。医者は医者でも、本当に医者なのかって思うほど馬鹿丸出しでね。それでも親がいくつも病院経営してるから肩書は病院長」

「いかにも楯岡さんが好きそうな物件じゃないですか」

「馬鹿いわないでよ。金持ちで賢い医者と金持ちで馬鹿な医者なら、賢いほうを選ぶでしょう」

「お金持ちは必須なんですね」

「そいつが真っ赤なフェラーリなんか乗り回してて、しかもガルウイングなの。ぬれせんべいみたいな顔してなにがフェラーリよ。まったく……この車でいつでも迎えに行ってあげるからねって気持ち悪いのなんの。おまえがフェラーリって顔かってての――」

「まあまあ。とにかく……」

「そいつのおかげで最近はフェラーリを見るといらっとするように――」

「わかりましたから。そのボンボンの医者については今度ゆっくり聞きます」

長くなりそうなので、強引に話を終わらせた。

「とにかくこれを……見てもらえますか」

西野がポケットから取り出したのは、コンビニエンスストアのレシートだった。透明のポリ袋に入っているのは、証拠保全のために西野が独自に行った措置だ。

「なによこれ……」

説明を求める視線が、西野を見上げる。

「よく見てください」

レシート自体にはなんの変哲もないが、その印刷面には大きく『タスケテ』と書かれていた。感熱紙に爪の先で擦ったような、直線的な文字だ。

「どうしたのよ、これ」

「出勤途中に電車の中で気づいたんです。ポケットに入ってました」

通勤電車の中で、なにげなくジャケットのポケットを探っていて発見した。

「あんたのジャケットに……？　誰がそんなことを」

「近藤美咲さんだと思います」

「近藤……どこかで聞いたことあるような名前ね」

「覚えてませんか。精神医療研究センターに入院中の八坂に会いに行ったとき——」

「ああ」思い出したらしい。

「美咲ちゃんね。医療観察法病棟を案内してくれた……あんた、いつの間に彼女と」

「誤解しないでください。昨日の夜、たまたまばったり会ったんです。ここ……このお店は寮の近くにあるんですけど、ここで」

レシートに印刷された店名を指差した。

「昨日の夜？　昨日の夜って、私と飲んだ後ってことよね」

「そうです」

「ずいぶん遅い時間じゃない。彼女、田端に住んでるの」

「違いますけど、いろいろあるんですよ」

西野は昨夜の出来事をかいつまんで話した。

近藤美咲と会ったのは、コンビニエンスストアの飲料ケースの前だった。

白衣を着ていないせいで、最初は誰だか思い出せなかった。ようやく記憶と目の前の女が重なったとき、あっ——と、声を上げてしまった。

——あ……あのときの刑事さん？

かすかに警戒された雰囲気があったので、単身寮がこの近くだと説明した。すると美咲はようやく笑顔になった。

——こんなところでお会いするなんて、本当に奇遇ですね。私は明日がお休みなので、学生時代の友人のアパートに遊びに行くところなんです。

——お泊まりの女子会ですか。いいなあ。楽しそうで。

たわいなく短い会話の後、それじゃ、と美咲はレジに向かい、西野はその場に残った。数分後、背後からとんとんと肩を叩かれた。振り返ると、レジ袋を提げた美咲が立っていた。

——それじゃあ、私はこれで。

——あ、どうも。おやすみなさい。

「たぶん、あのときだと思います。じっくり商品を吟味していたから、こっそりポケットにレシートを入れられても気づかなかったろうし」

「コンビニでどんな商品を吟味してたっていうの」

「ビールです。なんか季節限定の新商品が出たらしくて。試してみたいじゃないですか。だけど失敗するのは嫌だし、だからといって、いつも飲んでるのと一緒に二本買うってのも贅沢すぎるし……」

「あんた馬鹿じゃないの」

「わかってますよ。二本買っておいて、一本は飲まずに保存しておけばいいっていうんでしょう？　でも僕は、それができない性格なんです。冷蔵庫に入ってると、つい飲んじゃうから」

「違うわよ。そういうことじゃないの。買い物に夢中になるあまり誰かがポケットになにかを入れたのにも気づかないなんて、迂闊《うかつ》すぎでしょう。何年刑事やってんの」

「まあ……酒も入ってましたし」

西野はばつが悪そうに頭をかいた。

「とにかく、このレシートが美咲ちゃんのものだっていうのはたしかなのね」

「間違いないと思います。店名もそうですが、買い物した時刻についても、僕が昨日店に立ち寄った時刻と一致しています」

「ちなみに彼女、一人だった？」

「友達と一緒でした。最後に挨拶した後、店の外で待っている女性のところへ駆け寄っていましたから。学生時代の友達にしては、ちょっと老けてる感じでしたけど」

「そう……」

腕組みで考え込む素振りを見せたものの、すぐにお手上げという感じに両手を広げた。

「考えてもしょうがないか。ただのいたずらかもしれないわけだし」

「そんな……」

「とりあえず今日のお昼はどこにする？　せっかくだし、どこかに足を伸ばすのもいいかもしれないわね。そういえば、恵比寿に安いフレンチを出すお店があるらしいわよ。あ、でもあんた、フレンチって顔じゃないか」

ノブに手をかける楯岡の二の腕を、西野は摑んだ。

「待ってください、楯岡さん。いたずらかもしれないって放っておくんですか。たしかに事件性云々《うんぬん》という段階じゃありませんけど、近藤さんは僕に助けを求めているんです」

「知ってるわよ」

「じゃあどうして」

「いま動いたってどうしょうもないから」

「なんでですか」

「あんたが自分でいったんじゃない。美咲ちゃんは今日、お仕事お休みだって」

西野ははっとなった。楢岡がノブをひねり、扉を開けながらこちらを振り向く。

「今日のお昼、あんたの奢《おご》りだからね」

にんまりといたずらっぽい笑みを浮かべた。

2

「筒井さん」

一眼レフのデジタルカメラのレンズを下ろし、運転席の綿貫がこちらを向いた。

「なんだ」

筒井道大は助手席で一枚の似顔絵と睨み合っていた。三嶋裕貴と細川めぐみの証言をもとに作成された、小宮の似顔絵だった。

「なにをこそこそやってたんですかね。西野とエンマ様」

「なにをって……あの二人がどうした」

「えっ。気づいてなかったんですか。あのとき、筒井さんもいたじゃないですか」

綿貫が意外そうにする。もちろん筒井は気づいていた。あの二人の動向を意識していると悟られたくないだけだ。

「昨日の朝ですよ。出勤したエンマ様を、西野が慌てて外に連れ出して……様子がおかしいからこっそり廊下を覗いたら、二人で空いてる会議室に入っていったんです」

「誰もいない部屋で乳繰《ちちく》り合ってたんじゃないか」

ひっひっと誘い笑いをしたが、綿貫には冗談が通じないところがある。いまもそうだった。

「いくらなんでも、職場でそんなことはしないでしょう」とおもしろくもなんともない答えが返ってきた。筒井がむっとしたのにはまったく気づかない様子で、綿貫は神妙に声を落とす。

「かなり人目を気にしてる感じだったから、ぜったいなにか隠してますよ」

「なにをだ。隠すもなにも、おれらはいま在庁番だぞ」

「だけど、僕たちだってこうして……」

筒井と綿貫の乗った覆面パトカーは、精神医療研究センターの敷地を囲む柵《さく》のそばに駐車していた。木々の間から見える建物は、医療観察法病棟だ。

筒井はあらためて似顔絵に視線を落とした。オールバックの髪型に黒縁眼鏡。こけた頬、切れ長の眼、薄い唇。一見すると特徴的な風貌をしているが、実際には髪型と眼鏡以外についての、元夫妻の記憶は曖昧だった。

三嶋元夫妻は数回にわたり、小宮と面会していた。渋谷や代官山、恵比寿などの隠れ家的なカフェに呼び出され、話をしたという。にもかかわらず、小宮の容姿にかんする元夫妻の証言は食い違った。共通するのは髪型と黒縁眼鏡のみで、残りの部分にかんしては、似顔絵担当捜査官が想像で補ったようなものだ。

「ほら、カメラ！　早く」

遠く離れた病棟の建物を指差した。数人の人影が病棟の玄関口から出ていく。綿貫が慌ただしくカメラをかまえ、連写でシャッターを切った。二十倍ズームのレンズを使っているので、離れた位置からでもはっきりと相手の顔を写すことができる。

「撮れたか」

「撮れました」

綿貫からカメラを受け取り、液晶画面に表示された画像を確認した。何人かの男が写っている。どいつもこいつも似顔絵と似ているといえば似ているし、似ていないといえば似ていない。そもそもオールバックの髪型に黒縁の眼鏡さえかければ、たいていの男は似顔絵に似るだろう。

「さっぱりわからん……」

カメラを返しながら、率直な感想が漏れた。

まずは小宮の正体を突き止めるべきだと、筒井は考えていた。そもそも三嶋元夫妻が自作自演の殺人未遂事件を起こしたのも、小宮が元夫妻をそそのかしたからだ。かつての少女殺害事件にどのようなかかわり方をしているのかは見当もつかないが、小宮が真相究明への突破口になるのは間違いない。

精神医療研究センターに小宮なる人物の勤務実態はなかった。だからといって、小宮が職員でないとは限らない。むしろ精神医療研究センター、その中でも医療観察法病棟に勤務する職員の誰かが、小宮という名を騙《かた》っている可能性がもっとも高いと、筒井は睨んでいた。娘を理不尽に奪われた怒りで冷静さを欠く部分があったとはいえ、三嶋元夫妻は二人とも医療従事者だ。小宮はその専門家二人に、結果的に自作自演の殺人未遂事件を起こさせるほど説得力のある話を披露した。三嶋元夫妻の供述からも、小宮が医療観察法病棟の様子について、微に入り細に入り説明したことがわかっている。

　中の人間でないと、あれほど詳細に説明できるはずがない、だから信じた、というのが、三嶋の弁だった。小宮は医療観察法病棟の内部事情に精通している。

　筒井は在庁の期間を利用して、医療観察法病棟に勤務する職員全員の写真を撮影しようと思い立った。三嶋元夫妻の記憶が曖昧になっていても、さすがに写真を見ればわかるだろう。だが職員の集合写真が存在しない以上、盗撮するしかない。

　職員名簿によると、医療観察法病棟の職員は全部で二十四名。医師が二名、看護職員が十八名に臨床心理士二名、事務職員二名という内訳になっている。センター全体の四百人近い職員数を考えると、意外なほどの小所帯だ。そして触法精神障害者を収容するという性質からだろうか、女性の看護職員は八名しかいない。ということは、小宮の可能性のある職員は、残りの十六人ということになる。

　今朝八時過ぎからの張り込みで、すでに八枚の写真を撮影した。病棟が三交代制のシフト勤務で二十四時間看護を行っていることは、調べがついている。九時までに四人の男性を含む八人の職員らしき人物が出勤し、九時を過ぎると四人の男性を含む六人の夜勤職員が、玄関から出てきた。このぶんだと何日か張り込めば、男性職員全員の写真が集まるだろう。

「今日はこのへんにしとくか」

　伸びをしながら、この後なにを食べようか考えた。まだ朝食を摂っていないので胃が空っぽだ。胃酸の出すぎで胸やけがする。

「そうですね、夕方の勤務交代までは人の出入りもないだろうし……あっ」

　綿貫がしまいかけていたカメラを持ち上げた。レンズを病棟の玄関に向ける。

「筒井さん。誰かが病棟に向かっています」

「本当か。重役出勤だな」

　時刻はすでに十時を回っている。出退勤には不自然な時間だ。もしかしたらほかの病棟の職員や出入りの業者、患者への面会などかもしれない。そうだとしても写真は後で削除すればいい。

「しっかり撮っておけ」

「すいません。女性でした」

「八人の女性職員のうちの一人か」

「それはわかりませんが、なんにしろ写真は必要ありませんね」

　なあんだ、とファインダーから目を離しかけた綿貫が、「いや、ちょっと待ってください」とふたたびカメラをかまえた。

「なんだよ、忙しいな」

筒井は思わず苦笑する。

綿貫は自分の眼を疑うように何度か目を瞬《しばたた》かせ、ファインダーを覗き込む動作を繰り返した後、こちらを振り向いた。

「筒井さん……エンマ様ですよ。エンマ様と西野が、病棟に入っていきます」

「なに？」

筒井はカメラを奪い取ると、ファインダーを覗き込んだ。間違いない。たしかに楯岡と西野だ。二人がなにごとか言葉を交わしながら、医療観察法病棟に入っていく。

「なんだってあいつらが……」

そんなことはわかりきっている。池尻事件について探っているのだ。不本意なかたちで手を引かされた無念は、楯岡たちも同じということか。

こうなったら――。

筒井は病棟に消える二人を見つめながら、ある決意を固めた。

3

医療観察法病棟を出た絵麻と西野の進路に立ちはだかったのは、筒井と綿貫だった。

「あら……どうしたんですか、こんなところで」

絵麻が微笑んだのとは対照的に、筒井はむっと口角を下げ、鼻に皺を寄せた。そのまま一歩、歩み出る。

「おまえたちこそ、なにやってる」

西野と目配せを交わし、絵麻は眉を上下させた。

「別になにも」

「なにもないのにこんなところに来る筋合いはないだろう。池尻のヤマは、とっくにおれたちの手を離れてるんだ」

「そんなお節介な忠告のために、ここまで追いかけて来たんですか」

「違う。思い上がるな。わざわざおまえたちのために、こんなところまで来ると思うか」

「それなら、なにを？」

今度は筒井と綿貫の間で目配せがあった。

「おれたちの目的は、たぶんおまえたちと同じだ」

なにをいわんとしているのかわからない。絵麻は訝しげに片目を細めた。

筒井はしばらく唇を歪めて黙り込んでいたが、やがて意を決したように口を開いた。

「池尻のヤマは、三嶋たちの自作自演だった。もう殺人未遂事件じゃない。だからおれたちの出る幕じゃないというのは、一見、筋が通っている。だが罪名が変わったところで、事件が小さくなったわけじゃない。小宮のことや、八坂のこと……謎も、その背後に存在するはずの闇も、より深くなった気がする。おれは、そんな半端な状態で事件を放り出したくない」

筒井の視線を受けて、綿貫も同意する。

「僕もです」

意外な発言に呆気《あっけ》にとられながらも、絵麻は不敵に微笑んだ。

「それは、休戦協定を結ぼうという提案ですか」

「そう解釈するなら、それでかまわない。情報を共有したい」

「やけに殊勝なんですね。どういう風の吹き回しですか」

「三宿署の捜査本部が解散になったのは、おまえも聞いただろう」

殺人未遂事件でなくなり、傷害についても元夫婦間での合意が存在した以上、池尻事件の捜査本部を維持する道理はない。三嶋の不起訴も決定的な情勢だ。そして八坂が触法精神障害者である以上、狛江市少女殺害死体遺棄事件についての追及も難しいとの判断があったらしい。すべてがなかったものとして、幕引きが図られようとしている。

「二人だけじゃどうしようもないんだ。背に腹は代えられん。本庁が手を引いた以上、おおっぴらに捜査することもできないしな。頭数は多いほうがいいだろう」

そこまでいうと、筒井は思い出したように悪態をついた。

「もっともおまえら二人に、二人ぶんの働きができるかは怪しいもんだが」

「人のことより、自分たちが足手まといにならないよう、気をつけてください」

「馬鹿いってんじゃねえ」

筒井が乱暴に鼻の下を擦った。

「くれぐれもいっておくが、休戦はあくまで一時的なもんだぞ」

「わかってます。こっちもそんなに長くは耐えられませんから」

にやりと片頬を吊り上げる筒井に、絵麻はミラーリングを返した。

ひとまず車で話をしようということになり、敷地の外に出た。筒井たちの車は、医療観察法病棟の玄関を横から見る位置の路上に駐車していた。運転席のシートには、一眼レフカメラも置いてある。なるほど、病棟に出入りする人物をこの場所からカメラで狙っていて、絵麻たちに気づいたのか。

筒井が助手席で綿貫が運転席、絵麻と西野は後部座席に乗り込んだ。

「男性職員全員の写真を撮影し、三嶋と細川に面通しさせるつもりですか」

絵麻が訊くと、筒井はこちらに軽く顔をひねった。即座に意図を見抜かれた驚きが、見開いた目の奥に表れていた。

「まあ、そんなところだ」

「あの似顔絵では見つかるはずもありませんしね」

似顔絵では髪型と眼鏡というアーチファクトばかりが先に立って、肝心の顔立ちの印象がぼやけている。

「そうだ。髪型を変えて眼鏡をかければ、誰でも似顔絵に似てしまう」

「だったらいっそ、職員の顔写真を全部撮影して三嶋たちに見せてしまえば話が早い……というわけですか」

筒井は同意した。

「ここは外来患者が立ち入る場所ではないし、出入りはほぼ職員に限られている。数日も張れば、必要な写真が揃うだろう」

「面会人は」

「いるかもしれないが、どんな素性の人間が入院しているのかを考えると、数は少ないだろうな」

「小宮は医療観察法病棟から異動した人物、あるいは辞職した人物の可能性もありますね」

「わかってる。もっとも、八坂が入院したのは七か月前らしいから、その時点で医療観察法病棟に勤務していた人物に絞られる。それほど多くはないだろうし、洗うにしても手間はかからないはずだ」

「小宮がセンターとは無関係の人間で、医療観察法病棟の職員から情報提供を受けているとすれば」

　筒井は渋い顔になった。

「もしそうなら、小宮の特定は限りなく難しくなる。だが三嶋や細川の話を聞いたところでは内情に相当詳しい人物のようだし、まずは職員に絞ってみていいんじゃないか」

「同感です」

少人数でできることは限られる。方針としては間違っていない。筒井は上体をひねって身体ごとこちらを向いた。シートの背もたれに肘を載せる。

「それじゃあ、聞かせてもらおうか。おまえらはなにを探ってる」

「小宮に繋がるか、まだわからないんですが」

視線で促すと、西野がジャケットの内ポケットからレシートの入ったポリ袋を取り出した。

「なんだこれは……」

顔を近づけた筒井が、見づらそうに目を細めながら「タスケテ……」と音読する。

西野が説明した。

「昨日の朝、ジャケットのポケットに入っているのに気づいたんです」

「それがこの場所と、どう関係あるんだ」

「その前の晩、寮の近くのコンビニで、ここの看護師さんと偶然会ったんです。たぶんその方がこれを書いたんじゃないかと……」

「それをたしかめに来たんです」

絵麻がいうと、筒井は拍子抜けしたように肩を落とした。もっと事件の核心に迫るような事実が明かされるのを期待したらしい。

「なんだそりゃ……それでわざわざ、確認しに来たってのか」

「そうです」

詳しく話を聞くべきかどうかという思案顔の後、筒井は顎をしゃくった。

「で、その看護師はなんて」

「近藤さん――それが例の看護師の名前なんですが、近藤さんと話してはいません。西野に助けを求めるのなら、普通は直接相談するでしょう。なのに彼女は、メッセージを記したレシートを西野のポケットに入れるという、回りくどいアプローチを選びました。そこにはなんらかの事情があるはずです」

「なるほどな。西野と顔を合わせながら肝心の用件を口にせず、署名すらないメッセージを忍ばせたとすれば、単純に考えると、その看護師は誰かに監視されている……とかか」

「ええ。その可能性があるとすれば、彼女に不用意に接触するわけにはいきません。警察が彼女に着目していると、悟られないようにしないと」

「だが、直接話をせずにどうやって……」

いいかけてやめたのは、聞いたところでどうせ理解できないと諦めたからだろう。

絵麻の行動心理学にもとづく捜査を、筒井はいまだに魔法のように得体の知れないものと捉えているふしがある。結果だけを聞くことにしたようだった。

「それで、どうだったんだ。わかったのか」

「このレシートは近藤さんが書いたものと考えて、間違いなさそうです」

絵麻たちはふたたび八坂への事情聴取を試みるという名目で、医療観察法病棟を訪ねた。八坂とまともな会話が成立しなかったのは、想定の範囲内だ。真の目的は病棟を訪ねた絵麻たちにたいする、近藤美咲の反応を確認することだった。

今回、絵麻たちを案内したのは小川《おがわ》という名の男性看護師だった。西野以上に背が高く、人当たりも悪くはない男だったが、不思議とどこか胡散《うさん》臭い印象だった。

近藤美咲との接点は、ナースステーションの前を通過する際に、ちらっと見かけたときだけだ。廊下を歩きながら小川に質問を投げかけていると、思惑通り、美咲がこちらに気づいたようだった。そのときの反応で、レシートのメッセージが美咲によるものだと、絵麻は確信した。

同僚たちと談笑する美咲の顔面統制の自然な笑顔は、絵麻たちを認めたとたん、頬の筋肉が緊張した不自然な笑顔に変わった。いわゆる『目の奥が笑っていない』表情だ。そのままこちらに顔を向けず、明らかにこちらに気づいているのに、気づかないふりでやり過ごそうとしていた。絵麻のほうからも声をかけることはしなかった。

「つまり……どういうことだ。その看護師はストーカー被害にでも遭ってるのか」

「暴力の脅威に晒されている点は同じでも、ストーカーとはちょっと違います。何者かのマインドコントロール下にあり、そこからの解放を望んでいるという表現のほうが正確でしょうか……おそらくは医療観察法病棟の職員、全員が」

「なに？」

筒井は目を見開き、綿貫ははっとしながら振り向いた。

「どういう意味だ」

「いった通りです。あの病棟全体が、何者かによって支配されている。近藤さんはおそらく、支配からの解放を望む職員たちの代表として西野に接触したのではないかと、私は考えています」

近藤美咲だけを見ていたら気づかなかったかもしれない。

絵麻たちの来訪に気づいたときの近藤美咲に見られた恐怖の表情は、彼女だけでなく、彼女と談笑していたはずの同僚や、絵麻たちを案内した小川にも共通のものだった。以前に話を聞いた、医師の板倉にしてもそうだ。警察の介入にことさら神経質になっている。職員全員で共有する秘密が存在し、それが暴かれるのを恐れているとしか思えない。

しばらく口を開きっぱなしだった筒井が、我に返ったようにかぶりを振る。

「わけがわからん。いったい誰がそんなことを……だいいち、そんなことが可能なのか。職員だっていい大人だろう。万に一つ、何者かが病棟全体を洗脳し、マインドコントロール下に置こうとしても、なにかしら打つ手があるはずだ」

「まだはっきりしたことはわかりませんので下手なことはいえませんが、可能か不可能かでいえば、可能です。たとえば、『支配者』に抵抗し、状況を打開しようという動きを見せた誰かの口を、暴力で封じる。その過程を、あえてほかの職員たちに見せつける。そうやって強い精神的ショックを与えることを繰り返すうち、『被支配者』は思考停止に陥り、抵抗しても無駄だと考えるようになります。医療観察法病棟の職員数はたしか……」

「二十四人だ」

「『支配者』のグループが何人かにもよりますが、その程度の人数なら可能だと――」

「ちょっと待て」

筒井が手を上げて遮った。

「グループだと？　『支配者』は何人かのグループなのか」

「絶対的な存在は一人だとしても、互いに監視させ、密告させ、『被支配者』同士に『支配者』への献身を競わせることで、結果的にグループを形成するようになることもありえます。少なくとも、レシートを西野のポケットに忍ばせた近藤さんの行動は、プライベートにまで監視の目が及んでいる可能性を示唆している。『支配者』一人でそんなところまで監視するのは不可能です」

西野が引き継ぐ。

「一昨日の夜、近藤さんは女性と一緒でした。先ほど訪ねたときに気づいたんですが、その女性は医療観察法病棟の看護師でした」

「つまりその女が、近藤さんの監視役だったのか」

絵麻は首肯した。

「おそらくは」

「ならその女が黒幕ってことか」

「そう単純でもありません。先ほども話したように、『支配者』は『被支配者』に献身を競わせています。近藤さんと一緒だった同僚は、ただの見張り役として同行した可能性もあります。おそらく、ある程度行動の自由が保証される代わりに、つねに誰かを同行させるようなルールができあがっているのではないでしょうか。そうすることで『支配者』にたいして後ろ暗いところはないと証明し、忠誠のあかしとするような」

奇妙な沈黙が横たわる。

「私のいっていることが、信じられませんか」

筒井と綿貫が互いの目を見合わせた。

「人間の自我というのは、思った以上に脆弱《ぜいじゃく》です。善悪の基準も、行動のどこまでが自らの意思なのかも曖昧になるほどに。人は互いに影響を与え合って生きている。それこそ日常的に暗示を……もっと極端な言葉を使えば小さな洗脳を、施し合っているんです。それが洗脳だと気づかないだけで。わかります。簡単に割り切れない思いは、小さくないでしょう。だから一つ、実例を示します……ためしに十までの数字の中で、好きな数字を思い浮かべてみてください」

「なにを……」

戸惑う筒井に、絵麻はきっぱりと告げた。

「お願いします。一、二、三、四、五、六、七……どれでもかまいません」

従ってみることにしたらしい。筒井と綿貫が神妙な顔つきになる。

「思い浮かべましたか」

　二人は同時に頷いた。

「その数字は九です」

　驚愕の表情。正解かどうかを確認するまでもなかった。

「私は数字を思い浮かべてくださいという前に、『割り切れない』思いは『小さくない』といいました。その言葉が残っているせいで、筒井さんたちは無意識に『割り切れない』、そして『小さくない』数字を選んでしまうんです。つまり、『奇数』であり、十までの数字のうち、『五』以上です。さらにその後、一から七までカウントすることで、その中の数字を選びにくくさせました。他人が先に選んだ数字という認識が働くと、無意識に避けてしまうんです。そうやって七までの可能性を排除した上での『奇数』……つまり九です。もちろん一〇〇%ではありません。ですが筒井さんと綿貫に自分の意思で選んだように認識させつつ、思考を制御しました。そうとわからない暗示であり、ごくごく小さな洗脳です」

「わ……わかったよ。おまえの話を信じてみないことには、始まらないってことだな」

　頷く筒井と綿貫の表情には、まだ驚きの色が残っている。

「ありがとうございます」

「礼なんかいうな。おまえのためにやるわけじゃない」

手をひらひらとさせた筒井がふいに、なにかに思い至ったような顔をした。

「もしかして、小宮が『支配者』じゃないのか」

「そうかもしれないし、そうでないかもしれない。現段階ではそこまでしか……」

不本意そうに黙り込む。代わりに綿貫が口を開いた。

「どうやって『支配者』をあぶり出すつもりですか」

「方法は考えています。だけど、私たちだけじゃどうにもならない」

それは綿貫よりも、筒井のほうに向けた発言だった。バックミラー越しの視線に気づいた筒井が、苦々しげに歪めた顔をぷいと背ける。しばらく苛々《いらいら》と顎をかいていたが、やがて舌打ちをして、窓の外に言葉を吐き出した。

「おれたちは、なにをすればいい」

4

「出てきました」

綿貫に肩を揺すられ、筒井は目を覚ました。暖房が心地よくて、いつの間にかうとうとしていたらしい。

「どこだ」

カメラをかまえる綿貫の肩越しに、医療観察法病棟の方角を覗き込んでみる。陽《ひ》が落ちて周囲が暗くなったせいで、昼間は見えた敷地内の様子がわからない。

綿貫が実況してくれた。

「女性四人と、男性四人です。当たり前ですけど、今朝と同じ面子《メンツ》です……しかしなるほど、たしかに奇妙だな。大の大人が、全員一緒に帰るなんて」

今朝、張り込んでいたときにも、出勤した職員と夜勤を終えて帰宅する職員、ともにひとかたまりになっていた。偶然だと思っていたが、あらためて意識してみるとかなり異様な光景だ。本当に楯岡のいうように、互いが監視し合っているのだろうか。

「近藤美咲はいるか」

「はい……たぶん、あれじゃないかと」

綿貫からカメラを受け取り、ファインダーを覗いた。近藤美咲の容姿については、今朝撮影した写真で楯岡たちに確認していた。丸顔の親しみやすい顔立ちをした女だった。気立ての良い雰囲気なので、きっとモテるだろう。

「そのようだな。いちおう、写真を撮っておけ」

「わかりました」

カメラを受け取った綿貫が、レンズの焦点を合わせてシャッターを切った。

「撮りました」

「よし。行ってくる」

筒井は車を降りて、正門のほうへと向かった。職員たちが出てくるのを待って、距離を保って後をつける。

――おれたちは、なにをすればいい。

楯岡の要請は、近藤美咲の行動確認をして欲しいというものだった。楯岡と西野では近藤美咲はおろか、ほかの職員にも面が割れているので、不用意に近藤美咲の周辺を嗅ぎ回れないというのだ。もちろん筒井は承諾した。医療観察法病棟全体が何者かによって支配されているという楯岡の推理が正しければ、近藤美咲を調べることで、小宮にも辿り着けるような気がする。

八人ともに、バス停に並んだ。筒井は携帯電話で綿貫を呼び出した。

「バスに乗るようだ」

「了解しました」

通話を保ったまま、バス停の列の横を素通りする。そばを通過しながら聞き耳を立ててみたが、誰かが冗談をいったのか、数人の笑い声が聞こえただけだった。

そのまま数十メートル進んだとき、吉祥寺《きちじょうじ》駅行きのバスとすれ違った。さりげなく後方をうかがうと、バス停の行列は残らず車内に吸い込まれた。

「乗った。吉祥寺駅行きだ」

「見えてます」

ウィンカーを点滅させた車が、すぐそばの路肩に寄せて停車する。運転席には綿貫がいた。間に何台か挟んで、バスを追いかける。

「どうでしたか」

ハンドルを操作しながら、綿貫が訊いた。

「これから飲みにでも行きそうな感じだったな」

筒井は窓にもたれて頬杖をつきながら、バス後部の行き先表示を見つめた。かたまって歩く後ろ姿。バス停の行列から聞こえた笑い声。和気あいあいとした雰囲気が伝わってきた。仲が良すぎるという意味では不自然かもしれないが、そういう職場だってあるのではないかと納得できなくもない。互いが監視し合っている、などという考えよりもよほど。

「病棟全体がマインドコントロールされるなんて、そんなことあるんですかねえ」

「正直いうと、信じられんな」

「ですよね」

「だが今回のヤマにかんしていえば、信じられないことばかり起こっている」

綿貫は言葉を探すように視線を彷徨《さまよ》わせたものの、結局は黙り込んだ。会話もそこで途絶えた。

バスが吉祥寺駅に着くまで、八人のうちの誰一人欠けることはなかった。

「吉祥寺駅も綺麗になったなあ。こんなビルありましたっけ」

ロータリーに乗り入れながら、綿貫が呑気《のんき》に駅ビルを見上げる。

「ここから電車ですかね」

「違うようだ」

すでにバスから降りた八人は駅に向かわず、高架をくぐろうとしていた。

「本当に飲みに行くんじゃないですか」

「かもしれんな」

むしろそうであって欲しいと願いながら、筒井は車を降りた。

「電話するまで、そのへんを流しててくれ」

「了解です」

楯岡の見立て違いと思い始めたのだろう。綿貫は緊張感のない声で応じた。

軽く走って高架下に入ると、前方に信号待ちをする八人の後ろ姿が見えた。立ち止まり、そこからはゆっくりと近づく。ちょうど追いつきかけたころ、歩行者用信号が青に変わった。

賑やかな街並みを抜け、井の頭通りを東に向かい、ガソリンスタンドのある交差点を右へ。変わらず楽しげな八人の様子が、筒井の胸に不穏な予感を膨らませた。そのあたりはほとんど飲食店のない住宅街だった。飲みに行くなら、駅前の繁華街にたくさん店がある。

駅から十五分ほど歩いたところで、八人は一軒家に入っていった。

一人の男が門扉を開き、別の男がポストを確認し、また別の女が呼び鈴を鳴らす。全員が勝手知ったる雰囲気で、そこが誰の自宅なのか見当もつかない。

しばらくすると扉が開いた。男が内側から扉を開き、八人を出迎える、その男の顔には、見覚えがある気がした。ただ、どこで見たのか思い出せない。

全員が家の中に入り、扉が閉まるのを待って、筒井はおそるおそる近づいていった。全体を覆うクリーム色のタイルのくすみ具合を見ても、あまり新しくない建物であることがわかる。それでも建坪面積は大きそうだ。二階建てだが、奥行きがあった。吉祥寺という立地を考えても、けっこうな資産価値があるのではないか。

表札を確認すると、『弓長《ゆみなが》』とあった。穴が開くほど職員名簿とにらめっこしたので、すぐにぴんと来た。医療観察法病棟には、たしか弓長正道《まさみち》という医師が在籍していたはずだ。

ここは弓長の自宅。ということは、弓長が職員一同を自宅に招待したのか。それとも、さっきの八人の中に弓長がいたのだろうか。いや、違う。八人を出迎えた男を弓長と考えるほうが自然だろう。

そのときふと思い出した。八人を出迎えた男のことを。

綿貫が撮影した写真だった。今朝、夜勤を終えて医療観察法病棟から出てきた職員のうちの一人だ。

と、いうことは――。

「まさか……」

そんなわけがない。否定したはずが、全身に悪寒が走った。

今朝まで夜勤だった男の待つ家を、先ほどまで勤務していた八人の職員が訪ねる。

そうではない。訪ねたのではなく、帰ったのだとしたら。

自分の……自分たちの家に――。

5

日比谷《ひびや》の喫茶店に現れた筒井と綿貫は、二人とも充血した目をしていた。

「寝てないんですか」

絵麻が訊ねると、筒井は対面の席に腰を下ろしながら、なんでもないことだという感じに手を振った。

「まったく寝てないわけじゃない」

な、と話を振られた綿貫が頷く。

「交代で休みましたから」

とはいえ車内での睡眠は休息にならなかったのだろう。筒井の顔はいつもよりどす黒く、綿貫の顔はいつもより不健康な白さに見えた。

「なにも夜中じゅう張り込む必要はなかったのに」

「乗りかかった船だ。あんな異常なもん見ちまったからには、調べないわけにはいかない」

あらましについてはすでに電話で聞いている。どうやら医療観察法病棟の職員全員が、共同生活を送っているというのだ。絵麻も驚きはしたものの、納得する部分のほうが大きかった。そうすることで、社会生活を送りながらにして社会と隔絶させることができる。

絵麻に連絡をした後は帰宅したものだと思っていたが、筒井たちは居残って住居への人の出入りを調べたようだ。

「張り込みに気づかれたりしてないでしょうね」

「馬鹿いってんじゃねえ。素人相手に下手を打つもんか」

筒井は疲れた顔の頬を片側だけ持ち上げた。

店員が注文を取りに来たので、二人ともコーヒーを頼んだ。絵麻の前にはカフェラテ、西野の前にはアイスコーヒーが、すでに置いてある。

注文の品が揃うと、綿貫が写真の束を差し出してきた。

一番上になっているのは、数人の男女が談笑しながら歩く様子を撮影した写真だった。

綿貫がいう。

「それは昨日の朝、職員が病棟に出勤するところです」

西野が身体を寄せながら覗き込んできた。絵麻がめくる写真を、横から指差す。

「近藤美咲さんも写ってますね。この人は、僕がコンビニで近藤さんと会ったときに、近藤さんと一緒にいた女性です。そして次の写真には昨日、病棟を案内してくれた小川さん……あ、医師の板倉もいますね」

「板倉まで……」

あらためて突きつけられる現実のおぞましさに、背中が粟立った。

その後、写真は見覚えのない顔ばかりになった。綿貫の説明が入る。

「夜勤終わりで帰宅する職員たちです」

写真の順番は、撮影した時系列通りのようだ。

さらに数枚めくったところで、筒井が顎をしゃくる。

「近藤美咲たちが家に帰ったとき、ドアを開けて出迎えていたのがそいつだった。名前はわかるか」

「いえ」

小さくかぶりを振って先に進む。すると、写真の背景の空が薄闇に変わった。

「夕方からの準夜勤の職員が出勤するところです」と綿貫。

最初に八坂の面会に訪れた際に、見かけたような顔もちらほらいる。

やがて背景はさらに一段暗くなった。

「日勤が終わって病棟から帰宅する職員たちです。これが近藤美咲で間違いないですか」

「うん。間違いない」

「まあ、どれがマルタイだろうと一緒だったんだがな。全員一緒に行動してるんだから」

筒井が自嘲気味に笑った。

次に現れたのは、一戸建て家屋の外観を撮影した写真だった。背景は完全に真っ暗になり、夜の帳《とばり》が下りている。

「ここが……」

顔を上げた絵麻に、筒井は頷いた。

「そうだ。吉祥寺駅からだいたい……徒歩十五分といったところか。良い場所だ。閑静な住宅街でな。おれが住みたいぐらいだった。家族だけで住めるなら、という条件つきだが」

皮肉っぽくいいながら、腕組みをする。

綿貫がカップをソーサーに置いた。

「表札は弓長という名前になっていました」

「二人いる医師のうちの一人ですね」

絵麻は見終えた写真をデスクの上に広げ、頭の禿《は》げ上がった小柄な男の写る一枚に人差し指を置いた。

「この男が弓長です」

病棟を訪ねた折に、医師とは軽く自己紹介し合った。

「じゃあ、こいつが『支配者』ってことか」

筒井が血走った眼に期待を浮かべる。

「違います。同じ医師である板倉との関係性を見ても、板倉のほうの序列が上という印象でしたし、おそらく、共同生活の住居を提供させられているだけかと。弓長は半年前に離婚していますし」

「本当か」

「ええ。ほかにも何人かの職員が、この半年の間に離婚しているようです。離婚は成立していないまでも、この様子だと家庭を維持できている職員は、まずいないでしょうね」

指先で写真をとんとんと叩く。

近藤美咲の行動確認を筒井と綿貫に任せ、絵麻と西野は情報収集に専念した。ほかの病棟勤務の職員から、医療観察法病棟について聞き込みを行ったのだ。

医療観察法による指定入院医療機関――精神医療研究センターにおいては医療観察法病棟――は、関係者の間では「忘れられた病棟」と囁かれているらしい。

そもそも医療観察法成立のきっかけとなったのは、二〇〇一年、大阪で発生した附属池田小事件だった。小学校に刃物を所持した男が侵入し、次々と児童を襲撃、八人もの命が犠牲になった痛ましい事件だ。犯人は人格障害であり、責任能力ありという診断を受けた。死刑判決を受けて、すでに刑も執行されている。

公判で責任能力なしとされる精神障害と、責任能力ありとされる人格障害の境界は非常に曖昧だ。附属池田小事件の犯人においても、診察したほとんどの医師が、統合失調症の可能性ありという感触をえたという。唯一、被告に妄想性人格障害という診断を下した医師は二年にわたり被告の主治医だったが、やはり当初の診断は統合失調症だった。

そういう精神科臨床における診断の難しさのせいで、本来なら医療観察法の対象とならない人格障害者、知的障害者が指定入院医療機関に多く収容されているらしいのだ。統合失調症と人格障害、両方の症状が現れるような併存診断のケースもある。人格障害であれば、治療にたいして容易に反応を示すことはない。そうなればいつまでも社会復帰をさせることができないし、逆に症状が消えていないのに社会復帰させてしまう結果にも繋がる。

さまざまな問題を孕《はら》みながら議論が尽くされることもなく、当時の政権与党によって強行採決された医療観察法は、完全な見切り発車だった。包含する矛盾点を反映するように、現在でも現場ではさまざまな問題が噴出しているという。

本来なら罰せられるべき人格障害者が収容されるといったケースとは逆に、統合失調症というだけで強制的に入院させられる人権侵害もある。そしていったん強制入院させられると、刑事事件のように再審を請求することもできない。さらには患者の自由を奪う根拠となっているはずの精神鑑定の結果で誤りが判明しても、すぐには釈放されない。審判のやり直しもない。鑑定入院の過程で適切な治療を受けられず、症状が悪化したという話もあるらしい。「司法と医療の連携」という崇高なお題目を掲げて成立・施行された医療観察法だが、いまだ運用が安定せず、法整備も進まずという現状で、指定入院医療機関を一種の治外法権にしてしまっている部分があるようだ。

医療観察法の問題点についてはつねづね感じていた絵麻だったが、正直なところ、ここまで酷いとは予想もしなかった。

医療観察法の存在意義について懐疑的な職員も多く、現場では医療観察法病棟への異動を島流しのように捉える向きもあるらしい。そのため地理的な条件以上に、医療観察法病棟が孤立している印象を受けた。

とはいえ同じ施設内である以上、完全に断絶するわけでもない。医療観察法病棟に同期や、仲の良い友人がいるという職員はいた。

それでも、医療観察法病棟勤務の同期や職員と、もっとも最近連絡を取ったのはいつかと問うと、半年から一年以上前という答えが返ってきた。たんに忙しくて疎遠になってしまったという者もいれば、何度かメールを送ったのにいっさい返信がないと憤る者もいた。

「聞き込みの結果を総合すると、どの医療観察法病棟の職員も、ここ半年ぐらいは外部の友人と疎遠になっているようですね。メールに返信がなかったり、電話に出なかったり、出てもそっけなかったりと、様子がおかしいと感じる他部署の同僚はいましたが、本人が職場に出勤している以上、それ以上心配する理由もないということでしょう」

「なのに実は職場が地獄、か……たまらんな」

筒井は渋い顔で無精ひげの顎をかいた。

絵麻は新たな写真をめくった。家から出てくる男女数人の姿が捉えられている。綿貫が手で写真を示した。

「家への出入りがあるたびに撮影しました。わりと頻繁に出入りがあるので行動に制限があるようには見えないんですが、やはり一人で外出というケースはありませんでした。必ず二人以上で行動しています」

何枚かめくると、近藤美咲の写真も現れた。数人の男と一緒に、夜道を歩いている。

「美咲ちゃんも外出したの」

その質問に答えたのは、筒井だった。

「近所のコンビニまでな。翌朝までに外出したのは、その一回きりだ」

「そういうことか……」

西野がなにかを確信したように頷く。

「なにがだ」

「実は以前にナースとの合コン話が立ち消えになったことがあったんです。話を持ってきた同期によると、どういうわけか女性側の幹事と音信不通になってしまったのがその理由らしいんですが、その女性側の幹事というのが、どうやら近藤美咲さんみたいなんです」

「本当か」

「ええ。同期に確認したので間違いありません。友人の友人程度の関係でほとんど連絡を取ったこともなかったのに、いきなり合コンをやろうと提案してきたとか。なのに、いざ男のほうの頭数を揃えてみたら、まったく連絡が取れなくなったと怒っていました。この状況を見て、その背景が理解できた気がします。近藤さんはきっと行動の自由を利用して、どうにか警察に現状を訴えようとしたんです」

「だが合コンの相手が警察とバレてしまった」

筒井がこぶしを口にあてた。綿貫がいう。

「警察に駆け込んで保護を求めたりは……」

答えたのは絵麻だった。

「駆け込んでなんというの。職場の病院が暴力で支配されてるって？　そんな突拍子もない話、信じてもらえないだろうし、かりに信じてもらえたとしても、緊急的な対応にはならない。一度でも警察から帰されたら、『支配者』グループに拉致されて終わりよ」

その後も写真は続く。

「マルタイ以外は、どこに出かけたのかまでは確認していない。ほかの連中を尾行する余裕はなかった」

「ええ。わかっています」

やがて背景の空が明るくなった。

「それは今朝の出勤風景だ。住居から出たところを撮影した。気色の悪いことに、やはり全員で固まって家を出て行った」

筒井が顔をしかめたのは、コーヒーの苦さが原因ではなさそうだ。

今朝出勤したのは全部で七人。何人かは昨日と顔ぶれが違うが、近藤美咲は今日も出勤しているようだ。

絵麻がすべての写真を見終えると、筒井がふうと息をつき、脚を組み替えた。

「ともかく、やつらが共同生活を送るヤサを押さえられたのはよかった。男十六、女八、職員全員ぶんの顔写真がいっきに撮影できたんだからな。この写真を三嶋と細川に見せることで、誰が小宮かわかるかもしれない」

綿貫が写真をまとめようとする。

「ちょっと待って」と、絵麻は一枚の写真を抜き取った。

両手で持って凝視していると、西野が覗き込んでくる。

「どうしたんですか」

それは昨日撮影された写真だった。仕事を終えた近藤美咲が、医療観察法病棟から出てきたところを捉えたものだ。全身が枠に収まっており、まわりには一緒に帰る同僚たちも写り込んでいる。

「おかしい……」

「なにがおかしいんだ」

「背の高さですよ」

「はあ?」筒井が顔をしかめた。

「ちょっと、あの写真をもう一回見せて……」

綿貫の手からひったくった写真を、テーブルにぶちまけた。両手でかき分けながら、目当ての写真を探す。

「あの写真って、どれですか」

西野がいう。その顔も見ずに答えた。

「あれよあれ。昨日の朝、美咲ちゃんが出勤するときの写真」

「これですか」

見つけ出したのは西野だった。受け取った写真を確認し、絵麻は頷いた。

「やっぱりそう、間違いない」

「なにが間違いないんだ」

筒井が焦《じ》れたようにいう。

「この写真を見てください」

昨日の近藤美咲の出勤時の写真を、筒井たちのほうに向けた。美咲がバストアップで切り取られている。

「この写真で近藤美咲の後ろに写り込んでいるのは、昨日私たちに病棟を案内してくれた小川という男性看護師です」

「そうか？　顔が写ってないじゃないか」

「そう。小川は顔が写らないぐらい背が高いんです。この写真での美咲ちゃんの頭の位置は、小川の胸のあたりです。ところがこの写真では……」

今度は病棟から出てきた帰宅時の近藤美咲の写真を見せた。美咲の全身が写っている。

「まわりを見てください。顔を背けていたり、ぶれていたりで全員を特定するのは難しいですが、美咲ちゃんの頭が胸の位置にくるほど背の高い人物はいません」

「たまたまこの写真には、小川が写っていないだけじゃないか」

「昨日の日勤で男性職員が何人出勤したのかは、把握していますよね」

綿貫が答えた。「四人です」

疑わしげに細めた視線で写真に写り込んだ男の人数を確認し、筒井が呟く。

「この写真では四人、揃っているな」

「美咲ちゃんの頭の位置を基準にして、その四人の身長を比較してみてください」

それきり沈黙が下りた。その場にいる全員が、絵麻の発言が正しいと認めているのだ。だが情報が整理できないでいる。出勤したはずの小川が、帰宅していない。その事実がなにを物語っているのか。

「残業かなにかで……」

ようやく綿貫が声を発したが、はっとした顔になり、すぐに口を噤んだ。絵麻は綿貫を見る。

「一人だけ帰宅が遅くなった？ ありえない。単独行動は許されていないんだから。もしもそれが許されるのなら、そいつが『支配者』ということになる」

「じゃあ、小川が『支配者』じゃないのか」

筒井がいう。絵麻はかぶりを振った。

「たぶん違います。小川は昨夜、自宅に帰っていないんです」

「それじゃあ、小川だけが泊まり込みで勤務したっていうのか」

筒井が右手親指で唇に触れながら、不審そうにする。

「ちょっと待ってください」

綿貫がなにかに気づいたらしく、動きを止めた。

帰宅しようとする近藤美咲の写真に、指先を置く。そのまま探るように写真上を動かした。

「おかしい。どうして小川が写っていないのに、この写真には四人の男が写り込んでいるんですか。出勤するときにも男は四人、そのうちの一人は小川だったから、小川が帰宅していなければ、ここは三人になるはずですよね」

「そうだ。仕事を終えて病棟を出た時点で撮影した写真には、朝にはいなかった人間が紛れ込んでいることになる。どいつがそうなんだ」

筒井と綿貫が身を乗り出すようにして、ふたたび写真の検索を始める。絵麻はそれを止めた。

「それを特定したところで、あまり意味がないと思います」

「なぜだ」

「どうして」

二人が同時に顔を上げる。

「それは……」

もはやすべてを見通していた。

絵麻はもったいつけるようにゆっくりと顔の前で指先同士を合わせ、『尖塔のポーズ』を作った。

6

筒井はベッドサイドの丸椅子に腰を下ろすと、挨拶もそこそこに鞄《かばん》を開いた。クリアファイルから写真の束を取り出す挙動を、ベッドで上体を起こした細川めぐみが不安げに見守る。

世田谷区池尻の大学病院だった。捜査本部が解散になってからは、めぐみにたいする監視は行っていないらしい。面会に障害はなかった。

「退院はいつになりそうですか」

「傷口も塞がったし、化膿《かのう》する心配もなさそうなので、そろそろという話です」

「そうですか。それはよかった」

太腿《ふともも》で写真を揃えながら、愛想笑いを浮かべる。

「今日おうかがいしたのは、これを見て欲しいと思ったからです」

男の写真だった。腰から上を切り取った構図で、真っ直ぐにレンズを見つめている。恐怖と格闘するような動きで写真を覗き込んだめぐみの全身から、ふいに力が抜けた。

「どうですか、見覚えはありませんか」

確認する必要もなかった。案の定、かぶりを振る仕草が返ってくる。

「知りません。見たことのない顔です」

「それじゃあ、次」

二枚目の写真に、めぐみは戸惑いを見せた。こんな作業に意味があるのかという感じに、写真と筒井の間で視線を往復させる。

「どうですか」

「いえ……ぜんぜん」

三枚目に移った。めぐみはなにか問いたげに身を乗り出した。

「この写真って……」

予断を植えつけたくない。筒井は有無をいわさぬ口調で訊いた。

「どうですか」

「だけどこれ……」

「よく見てください」

不満げに口角を落としたものの、めぐみはいう通りにした。そして前の二枚にたいするのと、同じ反応をした。

「次、行きます」

淡々と作業を続けながら、筒井自身も半信半疑だった。めぐみも同じように思っているに違いない。だが楯岡がいうには、この写真の中に、確実に小宮がいるらしい。そうであれば、すべての疑問に説明がつくというのだった。

そんな馬鹿な——鼻で笑い、失敗を願う自分もこれまで通りにいる。しかし一方では、楯岡の突飛な推理が当たっていて欲しいとも願っている。今回に限り完全に一蓮《いちれん》托生《たくしょう》なので当然といえば当然だが、筒井にとっては奇妙な感覚だった。

筒井が写真を見せ、めぐみが顔を横に振る。同じ映像を繰り返し再生するようなやりとりが続いた。

そして筒井の胸に、すでに落胆の色が濃くなり始めていた二十六枚目。

惰性のように顔を横に振りかけためぐみの顔色が、変わった。大きく目を見開き、食い入るように写真を見つめる。

「どうなさいましたか」

答えはない。めぐみは鼻先が触れるほど、写真に顔を近づけている。瞬きするまつ毛が小刻みに震えていた。

筒井は見やすいように写真の角度を変えながら、めぐみが言葉を発するのを辛抱強く待った。唾を呑むのもためらうような沈黙だった。その沈黙に期待をこめてもいいものかどうか、筒井にはわからなかった。

やがてめぐみが、写真に目を落としたまま声を発した。喉の奥から絞り出すような声だった。声の震えから、さまざまな情念が滲み出ていた。

「これが、小宮さんです……」

「間違いありませんか」

「はい。髪型が違うし、眼鏡をかけていないけれども、間違いありません」

そこまでいうと、めぐみは大粒の涙をこぼした。シーツの上に置いた両手をぎゅっと握り締める。

「どういうことなんですか……私たちは小宮さんに……あの男に利用されていたんですか」

「捜査段階ですので、まだなんとも」

「私たちはなんのために……花凜は……花凜はいったい、誰が」

顔を覆う両手は、爪が立てられていた。削り取られた皮膚から血が滲むさまを見つめながら、筒井は背筋が冷たくなった。

病院を出ると、すぐに楯岡に電話をかけた。

「お疲れ様です」

めぐみとは対照的な感情の揺らぎをいっさい感じさせない落ち着いた声音に、ほっとする自分がいた。

「綿貫から電話は」

「ありました。ついさっきです」

綿貫は拘置所の三嶋を訪ね、筒井と同じことを試みているはずだった。

「で、どうだったんだ」

自分で訊いておきながら、緊張のあまり心臓が倍速で鼓動し始める。

「三嶋は二十六番が小宮で間違いないといっているようです」

呼吸が止まりそうになった。

写真にはあらかじめナンバリングしておいた。綿貫の所持する二十六番の写真は、当然ながら筒井の二十六番と同じものだ。

絶句の気配で悟られたらしい。楯岡が先回りする。

「どうやらそちらも」

「あ……ああ、そうだ」

「了解しました。それじゃあ、打ち合わせ通りに」

筒井は慌てて呼びかけた。

「楯岡！」

遠ざかりかけた声が戻ってくる。

「なんですか」

「くれぐれも気をつけろ」

電話口にふっと笑う気配があった。

「もっと気の利いた言葉はないんですか」

なにも浮かんでこなかった。ふたたび笑う気配があった。

「失礼します」

抑制の効いた声でいい残し、通話は切れた。

7

スマートフォンをハンドバッグにしまいながら、絵麻は西野にいった。

「筒井からだった。細川めぐみも二十六番だって」

「本当ですか」

先ほどから強張り気味だった西野の表情が、接着剤で固めたように硬直する。

「ちょっと……洒落《しゃれ》にならない感じになっちゃいましたね」

「洒落で済ませられる殺人事件なんてないわよ」

絵麻は歩き出そうとして、ふと動きを止めた。

「ビビってんなら、ついてこなくてもいいけど」

「なにいってるんですか。ここまで来て手ぶらで帰るわけにはいきません」

精一杯に胸を張って歩き出す後ろ姿を、絵麻はにやにやしながら追った。

精神医療研究センターの正門をくぐり、医療観察法病棟へ向かう。「忘れられた病棟」は、緑豊かな敷地を進んだ奥に、その名を体現するようにひっそりと建っている。背の高い木々が建物全体に大きな影を投げかけるせいで、ひんやりと薄暗い。

玄関をくぐり、受付窓口のカウンターで警察手帳を開いた。

「こんにちは。また来ちゃいました」

すでに顔見知りの女性事務職員は、迷惑そうな素振りも見せず、にっこりと微笑んだ。ただし持続時間の短く、顔面統制の不完全な愛想笑いだ。警察の訪問を歓迎していない本音がうかがえる。

「今日はどのようなご用件で」

「これまでと同じです。八坂宣弘氏に面会をお願いしたいと思いまして」

「それでは、そちらにおかけになってお待ちください」

玄関脇にある横長の待合いシートを示された。いわれた通りに腰を下ろす。

事務職員は内線電話でほかの職員を呼び出すと、絵麻たちに小さく会釈をして、それまでやっていたデータ入力作業に戻った。ロビーにかたかたと軽快なキータッチ音が響く。

絵麻はおもむろに訊いた。

「今日は、小川さんは出勤なさってるんですか」

「えっ」

「小川さんです。昨日、私たちを案内してくれた」

「それは……」

不自然な狼狽《ろうばい》だった。視線があちこちに泳いでいる。

そのとき、当の小川が現れた。

「私がどうかしましたか」

ほっそりとした四十手前ぐらいの男だった。長い手足を持て余すような歩き方で、近づいてくる。

絵麻は微笑んだ。

「いえ。今日もできればイケメンをお願いしたいと思って」

「ご指名ですか。光栄だな」

小川は照れ臭そうに髪の毛をかきながら、どうぞと踵《きびす》を返して歩き出す。絵麻と西野も後に続いた。

エレベーターで三階に昇り、小川が扉の電子ロックを開錠する。

八坂の三十五号室に向かいながら訊いた。

「今日は、八坂さんの調子はどうですか。話はできそうですか」

「どうかな。このところ、ずっと調子がよくないようだから……」

扉に手をかけながらの小川の苦笑は、すでに結果を知っているようだった。

はたして、小川に続いて病室に入ると、これまでの二回の面会とまったく同じような光景に遭遇した。

入院着姿の八坂が、なにごとかを呟きながらベッドサイドを歩き回っている。

「八坂さん、警察の方が話を聞きたいそうだけど」

小川の呼びかけには、もちろん反応しない。

もう一度呼びかけようとするのを、絵麻は手を上げて遮った。

「いいですか」

「え、ええ……」

西野に目で合図をして、一歩前に歩み出る。

「八坂宣弘。いい加減にしなさい。あなたは統合失調症なんかじゃない。ただのいかれたサイコパスよ」

真っ先に反応したのは、背後の小川だった。

「ちょ……ちょっと、いきなりなにを！」

かまわずに続けた。

「スーパーで因縁をつけてきた男を撲殺した容疑で逮捕されたあなたは、詐病を用いて刑罰を逃れ、この施設に入院した。入院してみて気づいたんでしょう。この施設は、あなたと同じ連中だらけだってことに。意図的に精神病患者を演じた者、鑑定医の誤診によって幸運にも刑罰を免れた者……経緯はさまざまかもしれないけど、とにかくここは、ここには本来いるべきでない人格障害者の巣窟になっていた。そこであなたは入院患者を扇動し、職員たちを暴力と恐怖を用いて屈服させることで、この施設の『支配者』になることを思い立つ。人命にかかわるような重罪を犯す凶暴さと、詐病で刑罰を逃れる狡猾《こうかつ》さを併せ持った人格障害者たちが何人かで手を組めば、たった二十四人の職員を支配するなんて簡単だったでしょうね」

「いい加減にしてください。これ以上、患者さんの負担になるようなことをするなら、出て行っていただきますよ。ちょっと……なにするんですか！」

西野が右に左に動いて、小川の進路を阻んでいた。

「ところであなたはどっちなの」

それは八坂でなく、背後の看護師に向けた質問だった。

先ほどまで雄弁だったはずの小川が、ぴたりと口を噤む。

絵麻は顔をひねり、冷たく問いかけた。

「あなたは本物の職員なの。それとも、職員のふりをした入院患者なの」

「なっ……なにをおっしゃってるんですか。もう、お帰りいただけますか」

小川が憤然とした様子で扉を開く。

その瞬間、絵麻と西野の間で視線の合図があった。

姿勢を低くした西野が、猛然と突進し、小川を突き飛ばした。

不意打ちを食らった小川が、廊下に飛び出して尻餅《しりもち》をつく。

「なっ……なにするんですか！」

いい終えるころには、すでに扉は閉まっていた。激しくノックされる扉を、西野が抑えつける。

「さあ、邪魔者はいなくなったわよ」

相変わらず同じ動きを繰り返す八坂に向かって、絵麻はにやりと微笑んだ。

「この病棟は、もはや医療機関の機能を果たしていない。入院患者も職員も、誰もがあなたの意のままに動く奴隷と化している。そして本来、外に出られないはずの入院患者たちも、職員のふりをして病棟を出入りしている。完全な自由を与えると、この病棟の実態が明るみに出てしまうかもしれない。だからある程度の規律を保っているんでしょうね。外出の順番はどうやって決めてるの？　いずれにせよ、外に出ることができるのなら、詐病の人格障害者にとっては天国でしかない。逃げ出そうと思う必要すらないし、むしろ、いつまでもここに留まろうとするでしょう。だって精神病患者のレッテルを貼られている限り、なにをしたところで罰せられることはないんだもの。部下に快適な環境を与えることで、あなたは見返りとして忠誠を受け取る。部下たちはこの環境を守ろうと、職員たちにしっかり睨みを利かせる。そしてあなたは、自らの地位を確固たるものにする……」

さっきまで扉を叩いたり、喚《わめ》いたりしていた小川がおとなしくなった。ほかの職員を呼びに行ったのだろう。

絵麻は自分を抱きながら壁にもたれ、脚を交差させるようにして立った。

「あなたは自分と同類と思われる患者に接触しては、職員たちに気づかれないようにひそかに仲間を増やしていった。人格障害者の会話の大きな特徴としては、自分の存在を大きく見せようとする誇張が挙げられる。人間関係においても対等という観念はなく、自分より上か下か、という基準しか持たないから、とにかく相手より上位に立とうとするのね。犯罪者同士の場合、それは武勇伝自慢になる。未解決事件の犯行告白なんかができれば、効果は抜群。あなたはそこで、三年前の『狛江市少女殺害死体遺棄事件』の犯人は自分だと告白した。当時は連日マスコミで報じられた大きな事件だけに、インパクトは絶大。報道されていない秘密の暴露も交えて犯行の模様を詳細に語ったあなたは、人格障害者たちの羨望《せんぼう》と信任を獲得していく」

八坂には絵麻の声など届いていないようだった。歩いては立ち止まり、くるりと踵を返しては、数歩進んでまた立ち止まる。

「そして満を持して、職員たちの制圧に乗り出す。甘言や強迫を巧みに用いて、ターゲットの人間関係を分断し、孤立させ、全員を監視しやすいように転居までさせている。あなたがここに入院したのがおよそ七か月前。周辺への聞き込みによると、職員たちはだいたい半年前ごろから、同僚や友人たちと疎遠になっている。あまり時間をかけて冷静に考える隙を与えてもいけないけれど、わずか一か月で病棟全体を手中に収めたのだから、鮮やかなお手並みといえるでしょう……だけど——」

絵麻は人差し指を立てた。

「しょせんは自己愛しかない人格障害者の集まりに過ぎない。一枚岩にはなりえない。やがてあなたの王座を狙う男が現れた。その男は職員を装って狛江事件の被害者遺族に接触し、内部告発というかたちで憎しみを煽《あお》り、あなたを殺させようと考えた。その男は、被害者遺族にたいして、小宮と名乗っていたようだけど、本名は——」

絵麻は懐から一枚の写真を取り出した。三嶋元夫妻がともに小宮だと断言した、二十六番の写真だった。

「辺見《へんみ》武敏《たけとし》。放火殺人で起訴されたものの、精神鑑定で統合失調症と診断され、無罪判決を受けたここの患者……どうりでここの内情に詳しいはずだわ」

筒井たちが三嶋元夫妻に見せたのは、職員を盗撮した写真ではなかった。過去の捜査資料から集めた、医療観察法病棟の入院患者たちの写真だった。

絵麻は写真を突きつけるようにしながら、一歩一歩、八坂に歩み寄る。

廊下が騒がしくなってきた。職員たちが——いや、職員と、職員のふりをした人格障害者たちが集まってきたか。

たとえば小川——を名乗る男は、実際には連続強姦殺人で逮捕されながら不起訴となった入院患者だ。捜査資料でその顔写真を見つけた瞬間、絵麻は自分の推理に確信を持った。

小宮が見つからなかった理由は二つある。

まず一つ目は、職員と見られた小宮こと辺見が、実際には患者であったこと。関係者をあたるといっても、まさか入院患者だとは思わない。

そしてもう一つは——。

「辺見はどこなの。いや、辺見の死体はどこなの」

辺見はすでにこの世に存在しないということ。

少なくとも警察が病棟を訪ねてきた段階で、辺見の目論見《もくろみ》は露見したはずだ。反旗を翻した部下を、八坂が生かしておくとは思えない。

「サイコパスの攻撃性の源は、空疎感なのよね。自分の内側に、つねに大きな空洞を抱えている。その空洞はなにをしても満たされない。すべての行動に、穴の開いた袋に水を注ぐような虚《むな》しさが付きまとう。それが慢性的な不安となり、過剰な攻撃性へと転じ、敵対する存在を完膚なきまで叩きのめしてしまう残虐性に繋がる。瞬間的にはそれで快感をえられたとしても、空疎感はすぐにまたやってくる。延々、繰り返しね。私はあなたが辺見だけでなく、ほかにも反抗的な職員や入院患者を殺していると見ている。他人をマインドコントロールするには、強い精神的ショックを与えて思考停止状態に陥らせる必要があるもの。逆らってはいけない。逃げ出そうとしてもいけない。奴隷たちに余計な考えを起こさせないようにするためには、生贄が必要だった。たぶん、小川という職員も殺害されているんじゃないかしら」

反応はない。なだめ行動もマイクロジェスチャーも、まったくない。

だが絵麻は唇の片端を吊り上げた。虚勢ではなかった。

「あなたに聞いても意味はない。あなたはおそらく、警察が来た時点で抗精神病薬を飲んで、マイクロジェスチャーを抑えている。場所柄、薬はいくらでも手に入るものね。だけど、あなたから聞き出す必要はないの。だってあなたの犯行は、この病棟の誰もが知っているんだから……さあ、いつまで病人のふりができるかしら」

手を上げて背後に合図すると、扉を押さえていた西野が飛びのいた。

扉が開き、白衣を着た男たちがなだれ込んでくる。全部で四人いた。その中には、小川を騙る男の姿もあった。自分の正体が見抜かれたとは露ほども思っていないようだ。血相を変えて抗議してくる。

「なにをするんですか、あなたたちは！」

絵麻は写真を白衣たちのほうに向けた。

「この男を、ご存じですね」

四人の表情が、いちように固まる。

「もちろんです。入院患者の辺見さんです」

白衣を着た一人が頷いた。色黒で筋張った顔立ちは、捜査資料にはなかった。本物の職員だろう。

「それでは、辺見さんに会わせていただけますか」

「それはできない」

別の白衣が即答した。髪の薄い男。これもおそらく本物の職員だ。

「なぜでしょう」

「病状がおもわしくないからだ」

目つきの鋭い坊主頭。看護師とは思えない剣呑《けんのん》さを発している。この顔は資料にあった。実の母親を殺害し、不起訴処分となった入院患者。

「会話ができなくてもかまいません。部屋の外から様子を見るだけでもいいんです」

絵麻の提案も、小川を騙る男に却下された。

「できません。いまだって、あなた方は私を締め出したじゃないですか。そんなことをする人たちが様子を見るだけといっても、到底信用できません」

名前すら偽る男が信用を語るのか。笑い出しそうになるのを堪え、絵麻はいった。

「私は、辺見さんがすでに亡くなっていると考えています」

息を呑む気配。認めたも同然だ。

だが坊主頭は鼻で笑って否定した。

「亡くなっているなんて、そんな馬鹿なことが」

持続時間も消滅時間も短い、不自然な笑顔。懸命に虚勢を保っている。

「生きているならば、会わせられないのはおかしいでしょう」

「だからさっきからいってるだろう。あなたたちは信用できない」と色黒の男。

「患者に面会するのに、看護師の信頼を勝ち得る必要があるんですか」

「ここは特殊な施設ですから……」

髪の薄い男がいいかけたのを、手を振って遮った。

「議論をするつもりはありません。あなたたちは、黙って辺見さんの居場所を教えてくれればいいの」

「なんだと――」

いきり立つ坊主頭に言葉をかぶせた。

「だから黙ってって、いってるじゃない。口は開かなくていいから！」

いったいなにをいっているのかという感じで、四人が視線で牽制《けんせい》し合う。

「よろしくね、大脳辺縁系ちゃん」

四人の顔を見回しながら、質問を投げかけた。

「辺見さんはまだここにいるの」

「います。何度もいっているじゃないですか」髪の薄い男が生真面目に答える。

だが視線は逸れていた。誰も絵麻のほうを直視していない。

「いないのね。それならどこ？」

「しつこいな。いるっていってるだろうが！」

本性を隠しきれなくなってきたらしい。坊主頭が恫喝口調になる。

「どこか遠くに遺棄したの？　山の中とか、海とか……」

反応がない。違う。

と、いうことは――。

「それならまだあるのね。あなたたちの家に」

頬の緊張。瞳孔の収縮。泳ぐ視線。首もとに触れるなだめ行動。対象が四人もいるだけに、反応もさまざまだ。だがそれらが示す事実は一つ。

小宮を名乗って三嶋元夫妻をそそのかし、八坂の殺害を試みた辺見武敏は、すでに殺害されている。そしてその遺体は、職員たちが共同生活を送る住居に保管されている。

「家のどこにあるの。庭に埋めた、とか」

不審な反応なし。

「住宅が密集している地域だし、それはないか。じゃあ家の中のどこにあるの。たしか二階建てだったわよね。一階？　それとも二階？」

またも反応はない。

どういうことだと怪訝に思ったが、すぐに解答を見つけた。

「地下室か。あの家には、地下室があるのね」

小川を騙る男が両手を振って遮ってきた。

「やめてください。あなたはいったい、なにをおっしゃっているんですか」

「じゅうぶんおわかりのはずですが」

「なんのことだか、さっぱり」

黒目があさってのほうを向く。もはや確認するまでもないが、辺見について後ろ暗い事情を抱えている。

「とにかく……今日はもうお帰りいただけますか。これ以上、患者の負担になるような真似はよして欲しい」

「わかりました」

遺体の在り処《あか》さえわかれば、後はなんとでもなる。なにかの容疑をこじつけて令状を取り、家宅捜索を行うだけだ。

西野と頷き合い、部屋を出ようとしたそのときだった。

「待て」

これまで聞こえたことのない方向から、聞こえたことのない人物の声だった。

振り返ると、八坂が仁王立ちしている。いからせた両肩から怒気を発散し、三白眼でまっすぐに絵麻を見据える立ち姿は、もはや精神病患者のそれではなかった。さっきまでと比べて、ひと回り身体が大きくなったように見える。

八坂は腹の底に響くような低い声で告げた。

「そいつらを建物の外に出すな……二度とだ」

「あら……やっぱりちゃんと喋れるじゃない」

絵麻は腕組みをしながら不敵に微笑んだ。

8

絵麻をかばうようにしながら、西野が身構える。

それに呼応するように、白衣たちも戦闘態勢に入った。その様子を、八坂が満足げに見つめている。

にわかに張り詰めた空間で、一人だけ平然としていたのは絵麻だった。

「馬っ鹿じゃないの」

醒《さ》めきった視線で男たちを見回し、最後にその視線を八坂に向ける。

「こんな男のために人生を棒に振るの。かりにこの病棟の職員や患者が殺害されていたとしても、そして殺害行為に加担したとしても、こいつの指示によりこいつの洗脳下で行われたことだし、従わなければ自分の命すら危なくなっていた事情があるのだから、あなたたちにはじゅうぶんに情状酌量の余地はある。断罪されるのはこいつ一人よ」

ふと緊張の糸が緩むのを感じた。髪の薄い男の肩が、すとんと落ちている。

次に絵麻は、色黒の男に視線を向けた。

「あなたが悔しい思いをしてきたことは、わかっている。大丈夫。私はあなたの味方よ。もう終わりにしましょう」

するとこちらを睨んでいた視線の鋭さが和らいだ。

八坂が声を張り上げる。

「なにをやってるんだ！　その女に騙されるな！」

「騙してなんかいないわ」

今度は坊主頭と、小川を名乗る男を交互に見た。

「刑事訴訟法には、一事不再理という原則がある。一度裁判で判決が確定した事件については、審理しないという決まりよ。あなたたちは医師の誤診によって、刑罰から逃れることができた。実際には精神病ではなかったかもしれないけれど、一事不再理の原則がある限り、審理がやり直されることはない。過去にやったことが問題にならないのならば、それほどびくびくする必要もないんじゃないの。罪の上塗りをしてドツボにはまる必要もない。だってここで起こった犯罪行為の主犯はすべてあの男であり、罪を問われるのもあの男『だけ』なんだから」

「本当か……本当に、罪には問われないのか」

坊主頭の質問に、絵麻は大きく頷いた。

「そんなわけないだろうが！　おまえら、そのデカどもを生きて帰らせたら終わりだぞ。何十年もぶち込まれるか、下手したら死刑だ」

「嘘ばっかりいわないで！」

絵麻はあえて強い口調で断言した。人格障害者の洗脳に対抗するには、こちらも自信を見せつける必要がある。扇情的な強い言葉を選び、大きくはっきりとした声音の断定口調で。発言の内容や真偽は二の次だ。

真っ直ぐに八坂を指差した。

「あの男はあなたたちを騙して道連れにしようとしている！　これまでだってそうだったはず。いつもあなたたちに面倒な役割を押しつけて、自分だけは高みの見物を決め込み、甘い汁を吸った。他人を利用することしか考えない最低の男よ。そうでしょう」

小川を騙る男のほうを向くと、明らかな戸惑いが見て取れた。八坂と絵麻の間で視線がせわしなく往復している。どちらにつけば得なのか、迷っているのだ。

「出鱈目をいうな！　いいかおまえら、その女のいうことなんて信じるな！」

「どっちを信じるべきなのか、賢いあなたたちならよくわかるはず！　こんなやつと一緒に地獄に落ちる必要はない」

「うるせえ！　おい、おまえら、そのクソアマを黙らせろ！」

八坂が大きく手を振って合図しても、誰も動こうとはしなかった。

坊主頭がぽつりと呟く。

「辺見を殺したのは、あんただろ……」

すると小川を騙る男も同調した。

「そうだ。あの小川って看護師だって——」

「黙れ、きさまら！」

八坂が激昂《げっこう》する。だがいったん緩んだ手綱は、容易に引き締められない。

坊主頭が告白を始めた。

「おれはもともと、ここでおとなしく治療していたんだ。ガキのころからてめえの頭がおかしいんじゃないかって思ってたし、おふくろを殺したときにも、悲しいとかなかったから。そんなおかしな頭を、もしかしたら医者が治してくれるんじゃないかって期待は、あったんだ」

「嘘をつくな！　人を刺す感触が忘れられないっていっていただろうが！」

八坂の言葉を無視しつつ、絵麻は坊主頭の話にうんうんと相槌を打った。

「なのに、後から入院してきたこいつが、病院を引っかき回し始めた。まずは看護師の小川を殺して、おまえたちもこうなりたくなければ従えと、医者や看護師たちを脅した。警察に駆け込もうとした看護師は、監禁して一週間暴行し続けた。その様子を、医師とか看護師とかに見せたんだ。そしてクーデターを試みた辺見を……」

そこで耳をつんざくような轟音《ごうおん》が響いた。

壁に激突した坊主頭が、そのままばったりとくずおれる。側頭部に空いた穴から、どろりと血液が溢れ出した。すでに絶命しているようだ。

八坂は拳銃を手にしていた。そこに隠し持っていたのだろう。ベッドマットが盛り上がっている。

そして二発目、三発目。

絵麻はとっさにしゃがみ込みながら、銃口が火を噴く瞬間を見た。だが反射的に目を閉じて頭をかばったので、弾がどこに飛んだのか確認しなかった。

背筋に冷たいものを感じながら、周囲の様子をうかがう。

小川を騙る男が上半身を廊下に飛び出して仰向けに倒れ、腹から血を流していた。

そして西野も倒れていた。スーツの左肩のあたりがどす黒く変色し、そこを押さえる手が真っ赤に染まっている。

西野——！

大声で叫んだはずが、自分の声が聞こえなかった。至近距離の銃声で耳が馬鹿になっている。西野に駆け寄ろうとしたとき、横から突き飛ばされた。冷静さと聴覚を失っているせいで、八坂が近づいているのに気づかなかった。

絵麻は坊主頭の死体に折り重なるように倒れた。すぐに立ち上がり、ハンドバッグを振り回して反撃を試みたが、張り手でふたたび倒された。腕をとって引き起こされ、背後から抱きすくめられる。そして、こめかみに銃口をあてられた。

悶絶しながらも、西野の口が動いた。

楯岡さん——！

一度目は唇が動いただけで、声は聞こえなかった。だが二度目の後半、絵麻は無音の世界から戻った。

楯岡——「さんっ！」

西野は起き上がろうとしたが、激痛が走ったのか、床の上で跳ねるようにしてもんどりうった。

「追ってきたらこの女を殺す」

冷たく宣告する八坂の手には、坊主頭の死体から奪ったらしい名札が握られていた。

廊下に引きずり出され、羽交い締めにされたまま歩いた。

病室から顔を覗かせた職員や患者たちが、八坂の視線に吹き飛ばされるように消える。電子ロックを開錠した後、八坂は用済みになった名札を捨てた。

エレベーターで一階におり、玄関へと向かう。

ナースステーションの前を通りかかるとき、ふいに拘束の力が緩む瞬間があったので、逃げ出そうとした。

だが先ほどより強い力で締めつけられた。耳もとで低い声が囁く。

「いま殺したっていいんだぞ」

「すぐには殺さない。私は大事な保険だもの」

忌々しげに銃口で小突かれた。

玄関を出ると、ちょうど筒井と綿貫が駆けてくるところだった。八坂の手にした拳銃を見て、ぎょっと立ち止まる。

「楯岡！」

「楯岡さん！」

「すいません！　計画変更です！」

こめかみに銃口を向けられたまま、じりじりと歩み寄ると、筒井たちはおののいたように数歩、後ずさった。

「車、いるんじゃないの」

わずかに顔をひねると、八坂の吐息がうなじにかかった。

「鍵、もらえる？」

綿貫がばたばたとポケットを探り、覆面パトカーのキーを差し出してくる。

「妙な真似したら撃つぞ」

「車はどこ？　駐車場？」

「いや……あそこに」

綿貫が視線で示したのは、前回と同じ敷地の外の路上だった。

目いっぱい伸ばされた綿貫の手の先のキーが、絵麻の手の平に落ちた。綿貫が素早く飛びのく。

「ありがとう。ついでに私のハンドバッグ、持ってきてくれる？」

「えっ……」

「馬鹿いってんじゃねえ」

またも銃口で小突かれる。

「だってプラダよ。置いていけない」

「本気でいってんのか。プラダとてめえの命の、どっちが大事なんだ」

「じゃあいい。病棟の中に死傷者がいるの。西野も撃たれた。早く救急車を」

筒井が頷く。

「わ、わかった。しかしおまえは……」

「ちょっとドライブしてきます。今晩、合コンの予定が入っていたんだけどな」

場違いな冗談に、なんともいえず微妙な空気が流れる。二人の刑事はどう反応してよいものかと迷うような複雑な表情を浮かべた。

行くぞという感じに、八坂が腕にぐいと力をこめた。

「それじゃあ筒井さん、綿貫。あとはよろしく。落ち着いたら電話して」

絵麻はたたらを踏みながら、右手の親指と小指を立てて受話器を作り、顔の横で振った。

「で、電話？」

綿貫がきょとんとしている。

「あ、電話はバッグの中だった。ごめんごめん。やっぱり急いで持ってきてもらえる？　三階の病棟に赤いバッグがあるから――」

「黙れ。行くぞ」

強い力で引っ張られ、絵麻は後ろ向きに歩き出した。

「楯岡！」

追いかけようとする筒井に、両手を広げて見せる。

「大丈夫です！　筒井さんたちが追いかけてきたらたぶん私、撃たれちゃうし。東京湾でカモメの餌《えさ》になっちゃいます」

「うるさいんだおまえは。黙ってついてこないと、いまここで撃ち殺すぞ」

呆然とする二人が遠ざかる。その姿が見えなくなるまで、絵麻は電話のジェスチャーを繰り返していた。

敷地の外に出てからは、背中に銃口をあてられ、先に歩かされた。

覆面パトカーまで移動し、助手席側から運転席に座らされる。八坂が助手席に乗り込んだ。

「出せ」

「どこに向かおうっていうの。このまま温泉にでも向かう？　それとも高尾山《たかおさん》とか？　最近旅行できていないから、緑のあるところがいいな。いっそのこと、海外に高飛びでもしましょうよ」

「口の減らない女だな。撃つぞ」

「いま撃ったらあなた終わりでしょ」

「いいから早く出せ」

かちりと撃鉄を起こされ、絵麻はしぶしぶエンジンをかけた。

「このまま真っ直ぐでいいの」

八坂は答えない。自分を抱くようにして腕をさすっている。相当な興奮状態にあるようだ。

「次、交差点あるけど」

無視された。

「ねえ」

「うるせえんだ、おめえは！　おれが指示出さないうちは真っ直ぐ走ってろ！」

いきなり大声で怒鳴られて、両肩が跳ねた。

吉祥寺駅前を通過し、職員たちが共同生活を送る住宅の方向へ向かう。

「次、右」

ハンドルを右に切る。

「左だ」

指示通りに左へ。

「そこで停めろ」

「どこ？」

「どこでもいいんだ。そこらへんで停めろ」

住宅街を走る生活道路の脇に寄せて停車した。右手には、八台ほどのスペースのある月極駐車場があった。

「降りるぞ」

脇腹に銃口がめり込む。

「エンジンは」

「どっちでもいい。この車はもういらない」

「えっ……」

「おまえ、随分と余裕綽々《しやくしやく》だったな。この車で逃げる限り、そのうちお仲間が見つけてくれるとでも思っていたんだろう。馬鹿にすんじゃねえ。デカなんぞに騙されるか。

おれも車は持ってるんだ」

　八坂は入院着の懐から取り出した車のキーを掲げ、底暗い笑みを浮かべた。

9

　筒井たちは医療観察法病棟の非常階段を駆けのぼった。

　二階を過ぎたあたりから、すでに血の臭いが漂ってくる。三階に到達すると、電子ロックのガラス扉の向こうに、男が倒れているのが見えた。開け放たれた病室から上半身が飛び出し、廊下に仰向けに横たわっている。白衣の腹のあたりを中心に、周囲には血だまりが広がっていた。

　奥にいた職員らしき男が駆け寄ってきて、電子ロックを開錠する。

　筒井たちは一目散に現場へ向かった。

　廊下に飛び出していた男は、一見して絶命しているとわかった。病室の中に入る。

　側頭部に銃創のある男が、壁にもたれるようにして倒れている。これも死亡しているのは一目瞭然だ。

　そして西野は、部屋の中央の血だまりで胎児のような姿勢をとっていた。そのあまりの顔色の悪さに、西野まで殺されたのかと全身から血の気が引いた。

「西野っ」

駆け寄ってしゃがみ込み、頸動脈《けいどうみゃく》に触れてみる。脈はあった。

「生きてるぞ！」

背後を振り向きながら叫ぶと、綿貫の顔に安堵《あんど》が広がる。綿貫はスマートフォンで通話中だ。奪われた覆面パトカーを広域手配にかけるよう、要請している。

筒井はネクタイを外し、西野の左肩をきつくしばった。一命を取り留めたとはいえ、かなりの出血だ。救急隊の到着までに、応急処置をしておかないと。

止血の措置を終えるころ、西野が苦悶に顔を歪めた。意識が戻ったらしい。

「西野、大丈夫か」

「筒井さん、楯岡さんが八坂に……」

激痛が走ったのか、西野が弾かれたように身体をえび反りにした。

「わかってる。いま広域手配をかけてる。必ず捕まえる。それにしても、どうしてこんなことに……」

どうしてこんなことに。どうしてこんなことに。外で待機していて銃声を聞いた瞬間から、自問が頭の中で反響し続けている。

どうしてこうなったかは、はっきりしている。八坂が拳銃を所持していたせいだ。計画はそこから破綻した。

楯岡が八坂に面会し、挑発的な言動をとる。それを止めようと、複数の職員が駆けつける。遺体の在り処を楯岡が聞き出す相手は、実は八坂ではない。職員たちのほうだ。目の前で秘密が暴かれることで、八坂は精神病患者を装っていられなくなる。遺体の場所がわかると同時に、八坂の詐病も暴ける。

その段階で連絡を受けた筒井たちが、遺体の捜索を行う手筈《てはず》になっていた。遺体を発見してしまえば、事件として捜査しないわけにはいかない。八坂を逮捕し、ふたたび精神鑑定を行うことも可能になる。

綿貫が通話を終えた。

「手配しました。じき車両は発見できると思います」

「よし」

筒井は西野に問いかけた。

「なにがあったんだ。八坂は本当に詐病だったのか」

西野は額に脂汗を浮かべながら頷いた。

「間違いなく詐病でした。これまでに少なくとも何人かを殺害しています。そしてこの二人も。現行犯逮捕できればよかったんですが……申し訳ありません」

「謝ることじゃない。銃を持ってるなんて予想外だった。それで、遺体の在り処はわかったのか」

「職員たちが共同生活をしている、あの家です。楯岡さんと八坂たちの会話は、これに録音してあります」

西野は懐からスマートフォンを取り出した。

「でかした。これでガサ入れできる」

録音では裁判での証拠にこそならないが、警察が家宅捜索を行う根拠としてはじゅうぶんだ。

遠くに聞こえていた救急車のサイレンが近づいてきて、音が止まった。どうやらすぐ下まで到着したらしい。

そのとき、綿貫のスマートフォンが振動した。

「はい。綿貫です」

はい、はい、と応じた後、「本当ですか」と表情がぱっと明るくなる。

ところが、通話を続けるうちに笑みが強張り、笑みが消え、深刻そうな翳りを帯び始めた。そして電話を切るころには、すっかり暗い表情になっていた。

「どうした」

「覆面パトカーが見つかったらしいです」

「本当か」

筒井は頬を緩めた。だがそれは、綿貫と同じく一瞬のことだった。

綿貫はいう。

「見つかったらしいんですが、乗り捨てられていて、八坂と楯岡さんはいなかったようです。どうやら別の車に乗り換えて、逃走したのではないかと……」

10

「いったいどこに向かってるの」

絵麻はハンドルを握りながら、頭上を通過する歩道橋の案内標識を不安げに見上げた。杉並区梅里《うめざと》二丁目。直進する矢印の先には、『四谷《よつや》』『新宿』と表示されている。

「そんなこと、おまえが考える必要ない」

「だって、このまま行ったら都心よ。車も増えてきたし、通行人も多い。さっきからいってるけど私、ペーパードライバーなのよ。渋谷新宿なんて、まともに運転できるかわからない。事故っても責任持てないからね」

面倒くさそうに舌打ちされた。

「少しは黙ってられないのか、おまえは」

「久しぶりの運転だから、誰かと喋っていないと落ち着かないの」

「運転する前から喋りっぱなしじゃねえかよ。軽に乗り換えたんだから、あのデカの車よりは小回りも利いて運転しやすいだろ」

覆面パトカーを乗り捨てた後、八坂に乗れと命じられたのは、月極駐車場に停まっていた軽自動車だった。誰の名義で契約されたものなのか、警察がこの車を特定できているのかはわからない。

「あなたってさ」

「なんだよ」

八坂が鬱陶しげな視線を投げかけてくる。

「俳優の山崎努《やまざきつとむ》に似てない？　最初に会ったときから思っていたんだけど」

「山崎努……」

「そう。知らない？　けっこういろんなドラマとかCMとか出てるんだけど」

少し考える間があって、八坂がまた舌打ちをする。

「それって、すげえ爺《じい》さんの役者じゃないか」

「たしかに歳はけっこういってるかもしれないけど、お爺さんって感じはしないでしょう」

「なにいってんだ。爺さんだろうがよ。おれの親より歳食ってるんじゃねえか」

「そうかしら。だけど、渋くない？　渋くて格好いいでしょう」

「おまえ、あんなのが好きなのか。マニアだな」

「え、そう？　私の友達でも好きって子、いるよ。すごい渋いよね。自分の旦那にも、あんなふうに渋い歳のとり方して欲しいよねって」

八坂が鼻で笑う。

「そんなふうに馬鹿にすることないでしょう。渋いは正義。だから渋い山崎努は正義よ」

「わかったよ。なんだその選挙みたいなスローガンは。いいから少し黙ってろ」

しかし沈黙はほんの少ししか続かなかった。

絵麻は声を上げた。

「あっ！」

「今度はなんだよ」

「知らないうちに、右折レーンに入っちゃってたから」

「じゃあ右に曲がれよ」

「環七に入っちゃうけど」

「入ればいいだろうが」

「いいの？」

八坂は不機嫌そうに顔を背けたまま、返事をしない。

軽自動車は右ウィンカーを点灯させながら、交差点に進入した。

11

医療観察法病棟の周囲には警察、消防の車両が集まり、騒然となっていた。敷地の外にはマスコミのテレビカメラも見える。

「おとなしくしてください」

「僕は大丈夫ですから」

「そういう問題ではないんです」

「こっちだって呑気にかまえているわけにはいかないんです。事態は一刻を争うんだ」

西野圭介は救急車から降りようとして、救急隊員といい争いになっていた。

そのとき、近くを通りかかった筒井が歩み寄ってくる。

「なにしてるんだ」

「筒井さん、楯岡さんは見つかったんですか」

「おまえは余計な心配をするな。まずは自分の傷を治すことに専念しろ」

「見つかってないんですね」

救急隊員を振り払い、救急車の後部スペースから飛び出した。着地した衝撃が傷口に響き、激痛にがくんと膝を折る。

「ほら、なにをやってるんだ」

肩を貸そうとする筒井に、「平気です」と手を上げた。しかしうまく笑うことができない。痛みに呼吸が浅くなる。

「逃走に使用している車両は、特定できたんですか」

「いや。まだだ。なにしろ権利関係がごちゃごちゃしていてな。覆面パトカーの乗り捨てられていた場所のすぐそばの月極駐車場は、ここの職員の名義で借りられていた。しかしその場所で車庫登録されている車両は、別の職員が借りている月極駐車場で発見されている。車両も駐車場も職員全員で共有していたらしく、八坂がどの車両を使

「そんな悠長なことをいってる間に、どんどん遠くに逃げちゃいますよ！　どうするんですか」

筒井に八つ当たりしてもしようがないのはわかっているが、自分を抑えられない。その場で地団駄を踏みたい心境だった。

「検問を増やしてもらうように手配した」

「逃走車両が特定できていない現状なら、検問をすり抜けるのは簡単です」

唇を歪めた筒井が、苦し紛れに慰めを口にする。

「楯岡なら大丈夫だ。拳銃を突きつけられてるのに、ハンドバッグを取ってきて欲しいとか呑気なことをぬかしてな。プラダだからどうとかこうとか……八坂も面食らってただろうな。まったくあいつは肝が据わってる」

「そんなの虚勢に決まってるじゃないですか。お偉いさん方も捜一の同僚も楯岡さんを超人みたいに思ってるふしがあるけど、あの人だってふつうの人間なんだ。殺されそうになってるのに、怖いと思わないわけが……」

ぱちん、と目の前で閃きの弾ける感覚があった。

突然黙り込んだ西野を、筒井が怪訝そうに覗き込む。

「どうした」

「違います……」

「なにがだ」

「違うんです！」

声を張り上げると、筒井の両肩がびくんと跳ねた。

「楯岡さんが持ってたのは、プラダのバッグじゃないんです！」

「そ、それがどうしたんだ。ただの記憶違いじゃないのか」

「女性が、その日持っているバッグを忘れるわけがありません」

そうだ。そもそも楯岡はプラダのバッグなんか持っていただろうか。持っていれば自慢されたはずだが、そんな記憶はない。今日だけでなく、もともとプラダのバッグなど持っていないのではないか。

だとすればこれは、楯岡からのメッセージだ。

「ほかにはなんていっていましたか」

「ほかに……か。ええと、なんといっていたっけな。合コンの予定がどうとか……電話してくれだとか」

「もっと正確に！」

西野は筒井の肩を摑んだ。

「思い出してください！　栢岡さんがなんといったのか、一字一句、正確に！」

恐怖は感じていただろう。だがだからといって、栢岡が無意味な話で気を紛らそうとしたとは思えない。なにげない仕草、発する言葉の一つひとつに、明確な意図をこめるようなしたたかな女性だ。凄腕《すごうで》の行動心理捜査官だ。

おそらく……いや間違いなく、栢岡の言葉にヒントが隠されている。西野はそう信じて疑わなかった。

12

左に車線変更すると、八坂から怒鳴られた。

「なに勝手なことしてる！　誰が左に行けなんていった！」

「うるさいわね。もうちょっと小さな声でも聞こえるから。この先、検問してるわよ。いつもそうなの。細い道に入っておいたほうがいい」

「なんだと」

疑わしげに遠くをうかがうが、確認できるはずもない。道路は大きく左カーブを描いており、数十メートル先が見通せなくなっている。

「本当だろうな」

「嘘ついてどうするの」

「逆におまえにはなんの得がある。黙って検問まで走ったほうが、助けてもらえるだろう」

「検問に引っかかったところで、助かるとは限らない。警察に包囲されたら、自棄になったあなたが私を撃ち殺して、自分も死ぬかもしれないし」

八坂が鼻を鳴らした。

「おまえを殺すかもしれないのは当たっている。だがおれは死なないし、捕まらない」

「捕まっても、精神病患者を演じる？」

「もう無理だろ。今度捕まったら終わりだ。どんなに上手いこと演じても、世間がおれを殺せっていうだろうな。で、お上は人気取りのためになんとしても精神鑑定の結果をクロにする。おれは死刑で、世間は万歳三唱さ」

「まるで恣意的《しい》に精神鑑定の結果を操っているようないい方ね」

「違うのかよ。少なくとも厳格な運用がなされているとは、いえないよな」

ひひっと下卑《げび》た笑いが響いた。

「そういう問題があるのは否定しない。法が正しいとも限らない。悪法はたしかに存在するし、善悪の基準だって、時代によって変わる。だけど現場の警官たちは、そんなこと関係なく懸命に頑張っている。犯罪が憎い。その気持ちに裏はないわ」

「素晴らしいね。意外に理想家なんだな。もっと擦《す》れてるのかと思ってたよ」

「表向きはそう見せているだけ。表向きは」

八坂が馬鹿にしたように口笛を吹く。

「少しは見直した？」

「いや、がっかりしたな。おれたち、もっと似たところがあると思っていたのに」

「左折するわよ」

「ああ」

ハンドルを切って、細い道に入った。

13

高井戸インターから首都高に入ると、ぐんと背中がシートに押しつけられた。

運転席の速度メーターに視線を滑らせると、時速一二〇キロを超えている。綿貫の横顔はいつになく真剣だ。走行車線と追い越し車線を慌ただしく移動しながら、先行車両を追い抜いていく。筒井はなにもいわずに、扉の上のアシスタントグリップを握り締めた。

西野に要求され、楯岡の発言を思い出してみた。一人だと心許《こころもと》なかったが、途中からは綿貫も加わり、ああでもないこうでもないと記憶を補完し合った。どうにか、限りなく正確に発言を再現できたと思う。

その結果、西野が披露した推理は驚くべきものだった。悪ふざけのように思われた楯岡の発言は、ある明確な意図を持って発せられたというのだ。これまでの筒井だったら、一笑に付していただろう。だが楯岡と協力して動いたここ数日を思い返すと、無下に可能性を否定する気にもなれなかった。

普通ならありえない。

だが、楯岡ならやりかねない――そんな気持ちにさせられるのだった。

すでに捜索令状を所持した捜査員たちが、職員たちの共同生活する住宅へ家宅捜索に入っている。詳細は未確認だが、バラバラに切断された遺体を何人ぶんか発見したという情報が入った。逃走車両の手配についても、緊急配備が網の目のように都内を覆っている。

セオリーは踏まえた。間違いはない。

だがセオリーが一番の正解とも限らない。

このまま車両の特定が遅れれば、みすみす八坂に逃亡を許すことになる。そして用済みになった楯岡は十中八九、始末される。なんとしても最悪の結末は避けたい。そのためにも、あらゆる手を打っておく必要がある。

それがセオリーや正攻法から大きく外れた、奇手だとしても。

ふいに筒井は気づいた。

自分がやっていることは、いつもなら楯岡が担っている役割ではないか。敵だけでなく味方までもかく乱するような奇抜な捜査を苦々しく思っていた張本人である自分が、こんなことをするとは。

こんなのはおれの役目じゃない。おまえがやるべきことだ。

また妙ちくりんな捜査をして、おれをいらつかせてくれよ。

だから死ぬな。無事でいろよ、楯岡——。

猛スピードで流れる視界の先を真っ直ぐ見つめ、筒井は心で呟いた。

14

検問のありそうな大通りを避けて進むうちに、車は世田谷区から渋谷区に入った。人通りの多い渋谷駅周辺を迂回《うかい》し、代々木《よよぎ》公園のそばを通過する。頻繁に右折左折を繰り返しているうちに、神宮前に出た。

「どこに向かえばいい？　左のほうは裏原宿《はらじゅく》で、右に行けば表参道《おもてさんどう》だけど」

「右だ」

「いいの、右で」

「いちいち確認するな」

指示通りにハンドルを切る。

しばらく走っていると、八坂が怪訝そうに訊いてきた。

「なにをそわそわしている」

何度か背後を気にするそぶりを見せる。絵麻がしきりにルームミラーを確認しているのに、気づいたらしい。

「いや、別に」

絵麻はかぶりを振った。

しばらくしてふたたびルームミラーをちらりと見やると、八坂が苛立たしげにいった。

「なんなんだ、さっきから」

振り向いて後方を確認する。

「まさか、あの車……サツか」

銃口を脇腹に押しつけられ、絵麻は吹き出した。

「なにいってるの。あれが警察官に見える？」

ルームミラーを見上げる。鏡に映っているのは、後続のワンボックスカーだった。ハンドルを握るのは、三十前後の女だ。助手席には女の息子だろうか、小学二年生ぐらいの男の子が座っている。

「じゃあ、いったいなんなんだ。なにを企んでやがる」

「なにも企んでないわよ」

手をひらひらとさせながら、今度は視線をバックミラーに移した。走りながら二度三度と視線を動かす。

「おい、停めろ！」

「なんで」

「この車は捨てる」

「いきなりなにいってるの」

「いいから停めろ」

「こんなところで車を乗り捨てたら、目立ってしょうがないわよ。後ろから車も来てるし」

「じゃあ……」

八坂は前方を探るように視線を動かした後、顎をしゃくった。

「あそこだ。あそこの駐車場に入れろ」

数十メートル先に『P』の看板が見える。総合病院の駐車場だった。

「ここでいいかしら」

「どこでもいい」

駐車券を取ってゲートをくぐり、空きスペースを探して車を入れた。エンジンを切り、ハンドブレーキを引く。

八坂が扉を開いた。左右に駐車した車に挟まれているので、大きくは開けない。隙間に身を滑り込ませるようにして、車を降りた。いっぽう、絵麻のほうはもたもたとして降りようとしない。すると、顔を突っ込んで急《せ》かしてきた。

「なにしてる。早くしろ」

「嫌。降りない」

「なんだと? 逆らうのか」

「ここで車を捨てて、それからどうするつもり」

「そんなことはおまえが知る必要などない」

「用済みになったら、私を殺すんでしょう。もういいじゃない。解放してよ。ここからは一人で逃げて」

「なにいってるんだ。つべこべいわずに早く来い」

「嫌だ」

「いま、おまえを撃ち殺してもいいんだぞ」

「撃てばいいじゃない。さあ、撃ってよ。どっちにしろ後で殺されるなら、いま殺されたって同じじゃないの」

「本当に撃つぞ」

八坂が銃口を向け、撃鉄を起こしたそのときだった。

「撃てるもんなら撃ってみろ。ただし、そんときゃおまえの身体にも風穴が開くぞ」

声は八坂の背後からだった。

筒井だった。

15

筒井は八坂の背中にペンライトを押し当てながら、信じられない気持ちだった。もちろん、この場所に八坂と楯岡が現れて欲しいと思っていた。だからこそ首都高を飛ばして、ここまでやってきたのだ。とはいえ、そんなに都合よくことが運ぶはずもないと高を括《くく》っている部分もあったのだった。そのことに、いざ八坂たちが現れて気づいた。自分は西野の話を信じたのではなく、信じたかったのだと。

先ほど、西野と交わした会話を思い出す。

筒井と綿貫は、楯岡の発言をできる限り正確に再現し終えた。

西野はしばらく考えを整理するようにうんうんと一人頷いていたが、やがて口を開いた。

「やっぱりそうです。プラダ、合コン、赤いバッグ、カモメ。これらの単語は、ある人物を指しています」

「誰だ」

「大野という医者です。楯岡さんは『合コン』で知り合ったといっていました。そいつは、ガルウイングの『赤い』フェラーリを乗り回しているそうです。ガルウイングは『カモメ』の翼という意味で、『プラダ』はフェラーリと同じ、イタリアのブランドです」

「なんだそりゃ。こじつけじゃないか」

「ええ。こじつけですよ。だけど僕は楯岡さんから、今晩の合コンの予定なんて聞いていないし、今日の楯岡さんのハンドバッグはプラダでも赤い色でもなかった。そして殺されるのを、東京湾で『カモメの餌になる』と表現するのは変です。ふつうは『魚の餌』じゃないですか。なんでもないような話の中に、親しい人間が聞けば明らかに事実と異なるとわかる単語を交ぜることで、楯岡さんは僕らの注意を引こうとしたんです。たしか……認知的不協和？　とかなんとかいったような」

一理あるような気がしてきた。話を聞いてみる価値はあるかもしれない。

「それで、その大野とかいう医者がどうしたんだ」

「大野の親はいくつも病院を経営していて、大野はそのうちの一つを与えられています。病院長なんです。ただし、それがどこにある病院かまでは、僕は聞かされていません。唐突に発した『電話して』という言葉は、大野に電話して病院の場所を聞いてくれ、という意味ではないかと。そして番号はスマートフォンの電話帳に登録してあるという意味を、『電話はバッグの中』という発言にこめたのでは」

やはりよくわからない。筒井は苛立ってきた。

「なにいってる。楯岡の合コン相手の病院の場所を調べて、いったいどうなるっていうんだ」

「覆面パトカーは、昨日張り込んだときと同じ場所に停めていたんですよね」

「ああ」

「僕らは昨日そこまで行って、車内で筒井さんたちと話をしました。だからその場所は知っているし、当然、今日も同じ場所に停めているだろうという予測もつきます。なのに楯岡さんは、車はどこなのか確認したんですよね」

綿貫が頷いた。

「たしかにちょっと変だとは思った。あの場所からでも路上に停めてあるのは見えていたはずなのに、車は駐車場にあるのかって、確認されたから」

「それは『駐車場』という言葉を印象に残したかったんだと思います。つまり、医者の大野の連絡先はスマホに登録してあるから、連絡して大野が病院長をつとめる病院がどこか調べろ、これからその病院の駐車場に向かう……という意味の伝言だったんじゃないかと」

「なにいってんだ。行き先を決めるのは楯岡じゃない。八坂だ」

「ええ。あくまで決めるのは八坂です。八坂自身は、そう認識している。だけど実際には、楯岡さんの望むような選択をするように思考を制御されている」

綿貫は目を見開いた。

「十までの数字のうち、好きな数字を選べってやったときの話だな……」

西野は筒井と綿貫、二人の目を順に見つめた。

「そうです。楯岡さんは大野の病院の駐車場まで、八坂を誘導するつもりなんです。だから僕たちに、その場所で待ち伏せておくようにと伝えているんですよ」

表参道にある大野の病院の駐車場に車を入れ、じっと息を潜めている間も、まだ半信半疑だった。

しかしはたして、八坂はこの場所に姿を現した。向こうは武装しており、こちらは丸腰だ。どうやって確保すればいいのか考えたが、先に車から降りた八坂は、車内に顔を突っ込んで楯岡と口論し始めた。背を向けてすっかり油断する八坂に、筒井はゆうゆう近づくことができた。

けっして口には出したくないが、まったく恐れ入るぜ。エンマ様――。

「撃鉄を戻せ。ゆっくり銃を渡すんだ。ゆっくりだぞ」

「撃てやしない」

「撃てるさ。なにしろ同僚が撃たれてる。仇討《あだう》ちしたくてたまらないのを、いま必死に堪えてる。だから変に刺激するんじゃないぞ。爆発しちまうからな」

ペンライトをぐっと押しつける。

車内に上半身を突っ込んだ八坂の右手が、動き出した。かちり、と撃鉄を戻す音。それから銃口がゆっくりと……ではなかった。

くるりと身を翻した八坂が、シートに寝転ぶかたちで筒井に銃口を向ける。

「筒井さん、危ないっ」

遠くから綿貫の声がするが、同時にそれ以上に大きな銃声が聞こえ、目の前に白い光が瞬いた。

16

駐車場に入った瞬間から、絵麻は空きスペースを探すふりをして同僚の姿を探した。メッセージを解読してくれたならば、きっとこのどこかに潜んでいるはずだ。

絵麻は八坂が病室で拳銃を発砲した瞬間から、次のプランを実行に移し始めていた。西野が撃たれた後、ハンドバッグを振り回して抵抗したのは、その場にスマートフォンを残すためだった。

建物を出たとき、筒井と綿貫の姿を認めて内心ではほっとした。これでヒントを残すことができる。

違和感をちりばめた発言で筒井たちに行き先のヒントを残し、車に乗ってからは八坂をその場所に向かわせるための暗示につとめた。

どこに向かおうっていうの。このまま温泉にでも向かう？　それとも高尾山とか？　最近旅行できていないから、緑のあるところがいいな。いっそのこと、海外に高飛びでもしましょうよ――。

まずは提案というかたちでそれらの可能性を否定させた。必然的に都心方向へ向かうことになる。

　本当に都心方面に走り始めたとき、まず安堵した。八坂に逃亡先のあてがあるならば、暗示など意味がなかった。

　渋谷新宿なんて、まともに運転できるかわからない――。

　この発言で、渋谷新宿という単語を八坂の脳に刷り込む。

　もっとわかりにくい暗示も使った。俳優の山崎努の名前を挙げ、「渋い」という褒め言葉を繰り返したのだ。「渋い山崎努」には「シブヤ」という音が入っている。馬鹿馬鹿しいようでいて、こういう遠回しな暗示は意外と効果を発揮する。相手がまったく警戒しないからだ。ほかにも渋い俳優の名前を挙げたり、渋いお茶や渋柿が好きなどの話題を繰り出した。途中から八坂が、案内標識に表示された『渋谷』の文字を意識し始めるのがわかった。

　合コン相手だった大野の病院は、渋谷区表参道にあった。

　だけど現場の警官たちは、そんなこと関係なく懸命に頑張っている。犯罪が憎い。その気持ちに「裏はない」わ――。

「表」向きはそう見せているだけ。「表」向きは――。

　これらの発言は、表参道を意識させるためのものだった。

どこに向かえばいい？　左のほうは「裏」原宿で、右に行けば「表」参道だけど——。

この質問に八坂が迷いなく「右」と答えたことで、暗示が効いていると確信した。目的地が近づくと、今度は視線の動きで八坂の恐怖心を煽った。検問を避けるときのやりとりで、警察の見えない動きへの恐怖の種は植えつけてある。疑心暗鬼に陥った八坂は、絵麻がなんらかの方法で仲間と連絡を取り合っているのではないかとの思いに駆られ、車を捨てる決心をする。

八坂は自分の意思だと思っているだろうが、実際にはなにもかもが絵麻の描いた青写真通りに進んでいた。

あとは絵麻のメッセージが無事、西野に伝わり、誰かを寄越してくれることを願うばかりだった。

すると右前方に筒井たちの覆面パトカーを発見した。八坂がそちらに顔を向けようとしている。

とっさにハンドルを切って、八坂の視界から覆面パトカーを消した。

「ここでいいかしら」

「どこでもいい」

空きスペースに車を入れ、エンジンを切る。

車から降りるのを拒んだのは、八坂の注意をこちらに向けさせるためだった。筒井が近づいてきているのはわかっていた。

「撃鉄を戻せ。ゆっくり銃を渡すんだ。ゆっくりだぞ」

「撃てやしない」

「撃てるさ。なにしろ同僚が撃たれてる。仇討ちしたくてたまらないのを、いま必死に堪えてる。だから変に刺激するんじゃないぞ。爆発しちまうからな」

筒井と会話をしながら、八坂の視線がなにかを捜していた。

ふと視線の動きが止まり、八坂の唇の端がかすかに持ち上がる。

八坂の視線を辿ると、絵麻たちとはお尻を突き合わせるかたちで駐車した車があった。遮光フィルムで鏡面になったリアウィンドウには、筒井の姿が映っている。遠し、像自体も湾曲しているので、筒井がなにを持っているのかまでは確認できないが、拳銃を持つ手のかたちとは、明らかに異なるのがわかった。

筒井のフェイクが気づかれたのだ。

ゆっくりと身体を引こうとしていた八坂が突然、身を翻し、両手で拳銃をかまえて銃口を筒井に向けた。すでに撃鉄は起こしてある。

「筒井さん、危ないっ」

その声がする直前、絵麻は拳銃を蹴った。

発砲音に身がすくむ。

筒井は背後の車に背中をぶつけたが、弾が当たったわけでなく、驚いただけのようだ。すぐに八坂に飛びついて、引きずり出そうとする。

拳銃は後部座席の下に落ちていた。

最初は拳銃に手を伸ばすそぶりを見せた八坂だったが、絵麻に滅茶苦茶に蹴られて諦めたようだ。車から出て筒井に殴りかかった。

筒井は一発、二発とパンチをしのいだものの、腹を蹴られて吹っ飛んだ。

走り出した八坂に、横から綿貫がタックルで飛び込む。二人でもみ合うようにして地面を転がった後、上になったのは八坂だった。こぶしを振り上げ、綿貫の顔を殴りつける。

綿貫に馬乗りになる八坂の首に、起き上がってきた筒井が、背後から腕を巻きつけた。柔道の裸絞めだ。脚を八坂の胴に絡ませ、二人で仰向けに倒れる。

絵麻が駆けつけたとき、綿貫は上体を起こし、ぶるぶると顔を横に振っていた。

そして筒井に絞め上げられた八坂は、手足をだらんとさせていた。失神しているようだ。

「筒井さん、もう落ちてます」

八坂の首に巻かれた腕を叩くと、「あ……ああ」と顔を真っ赤にしていた筒井は、ようやく我に返ったようだった。

「綿貫、早くワッパかけろ」

「了解です」

転がしてうつ伏せにした八坂に、綿貫が後ろ手に手錠をかける。

「ああ、疲れた」

筒井は地面に大の字になった。ひいひいと喘《あえ》ぎながら、苦しげに顔を歪める。

「疲れましたね」

絵麻は筒井の傍らにしゃがみ込み、労をねぎらった。

「まったく疲れたぜ……勘弁してくれよ」

筒井は目を閉じ、うんざりとした感じの吐息をつく。

しかし唇の端だけは、心地よさげに吊り上がっていた。

17

数日後。警視庁本部庁舎。

筒井が小便器の前に立って用を足していると、捜査二課の同期・三田村が入ってきた。

「おう。おまえとは本当によく会うな」

三田村は軽く手を上げると、筒井の隣に並んでジッパーを下ろした。

「そういえば池尻の事件。とんでもないヤマに発展したみたいだな」

「ああ」

「いったい何人死んでるんだ。八坂にはほかにも余罪があるんじゃないのか」

「どうだろう」

「おまえは、どう思うんだ」

「……わからん」

「どうしたんだ」

三田村が不審げに眉根を寄せる。

「なにが」

「いつものおまえらしくないぞ。いつもなら……」

筒井はふふっと笑った。

「もっとペラペラ喋るのに……ってか？」

ジッパーを上げて、洗面台に移動する。蛇口をひねり、手を洗いながらいった。

「そのことについて喋るだけで気が滅入《めい》っちまう……そんだけのヤマだってことさ」

なにしろ医療観察法で定められた指定入院医療機関が、サイコパスに牛耳られていたのだ。共同生活させられていた職員の住宅の地下室からは、職員三人、患者二人、合計五人ものバラバラ死体が発見された。

八坂の取り調べを担当する楯岡から聞いた話だと、八坂は反乱や逃走を目論む職員にたいして、日常的に暴力を振るっていたという。その代わり、ほかの人間の不審な動きを密告した者にたいしては、金や自由行動の権利、ときには女性を与えるなどして厚遇した。そうすることで職員たちを疑心暗鬼にさせ、思考停止に陥らせていたという話だ。

拳銃は元暴力団員の患者のコネで入手したらしい。八坂に取り入ろうとする貢ぎ物だったはずだが、その患者は直後に殺害されている。権力を絶対的なものにするために、ほかの者が武器を入手することのないよう、入手ルートを断ったのだ。

筒井のほうでも職員や患者などの関係者に事情聴取を行っているが、人間の自我がいかに脆《もろ》いものかを痛感させられて、暗澹《あんたん》たる気分になる。

もはやどうあがこうと死刑だと開き直ったのか、八坂は狛江市少女殺害死体遺棄事件についても自供したらしい。のみならず、過去に行ったほかの殺人事件についても、ほのめかし始めているという。

世間を揺るがす一大スキャンダルを、マスコミはさまざまなかたちで報じている。ある媒体はサイコパスの心の闇を検証し、ある媒体はサイコパスの奴隷となった医療関係者たちの行動と心理を分析し、またある媒体は、このような事態を招いた法律や制度についての疑問を投げかける。共通するのは、どの報道内容も的外れだということだ。警察から与えられる情報や、関係者への取材だけで、真相に迫れるはずがない。

なにしろ筒井自身が、わからないのだ。

どこまでが自分の意思による行動なのか。

いまの自分は、はたして誰の暗示も受けていないのか。

日を追うごとに新たな事実が判明し、事件の概要は明らかになる。だが知れば知るほど、筒井は人間というものがわからなくなる気がした。

蛇口を締め、ハンカチで手を拭っていると、三田村が隣の洗面器で手を洗い始めた。

「だがおまえ、今回は大活躍だったらしいな」

「そんなことはない」

「なにいってんだ」

三田村が驚いたように顔を上げる。

「逃亡した八坂を追いかけて、病院の駐車場で大立ち回りの末にワッパをかけたんだ。そんな派手な活躍のできる刑事が、全国に何人いると思う。いや、全世界で何人ってレベルだぞ、きっと」

「ワッパをかけたのは、おれじゃない。綿貫だ」

「だけどおまえの指示だろう」

「それはそうだが、おれ一人じゃどうにもならなかった」

「おまえ、本当に大丈夫か」

濡れた手を振りながら、三田村は心配そうに眉を歪めた。

「なにがだ」

「『鬼の筒井』がだよ。どうしちまったんだ」

「鬼か……たしかにおれは鬼だ」

「そうだよ。おまえは鬼だよ」

「だがおまえの中にだって、いや、誰の中にも鬼はいるもんだ」

同期はぽかんと口を開いたまま、言葉を失ったようだった。

18

廊下の先の病室から、若い女が出てきた。

たしかあの部屋は、西野の入院する病室だ。いったい誰が。絵麻は見舞いの花を持ったまま立ちすくみ、様子をうかがった。

扉を閉めた女がこちらを向く。そのとき顔が確認できた。

近藤美咲だった。少し歩いて向こうも気づいたらしく、あっと口を手で覆う。

「こんにちは」

「こんにちは。お見舞いに来てくれたの。あいつ、喜んだでしょ」

「いえ、そんな……」

美咲は恥ずかしそうに顔の前で手を振った。それから深々と頭を下げる。

「私のせいで、西野さんにあんな怪我を負わせてしまって。楯岡さんにも、大変な思いをさせてしまって、すみませんでした」

「気にしないで。仕事だから」

微笑でかぶりを振ってから、訊いた。

「仕事といえば、これから仕事はどうするの」

精神医療研究センターの医療観察法病棟は閉鎖されることになった。現時点で、詐病が明らかと判断された入院患者五名を逮捕している。

そのほかの入院患者については、あらためて精神鑑定を実施し、触法精神障害者と認定された者については他府県の指定入院医療機関で受け入れ、責任能力ありという結果が出た者については再審を検討するという政府関係者の発言が、今朝の新聞に掲載されていた。今回の事件を受けて市民団体などが法律そのものの見直しを要求しているようだが、それが大きなうねりとなり、政府を動かすまでに至るかは微妙なところだ。

「いったん、田舎の広島《ひろしま》に帰ります。看護師を続けるかどうかは、しばらく休んでから考えます」

「そう……それがいいかもしれないわね。いつ発《た》つの」

「明日には」

「そう」

「いろいろとお世話になりました。それじゃ……」

会釈をして立ち去ろうとする美咲を、絵麻は呼び止めた。

「ちょっと待って」

立ち止まった美咲が、こちらを振り向く。

「なんでしょう」

「辺見をけしかけた目的は、八坂の殺害でなく、私たちに医療観察法病棟の現状を知らせることだったんじゃないの」

見開いた目の中で、瞳孔が収縮する。

小宮こと辺見の行動が、絵麻にはどうしても腑に落ちなかった。辺見は放火殺人を起こしたものの、精神鑑定で統合失調症と診断され、無罪判決を受けて、指定入院医療機関に入院することになった。その直情的な犯罪行為の内容と、三嶋元夫妻を焚きつけて八坂を殺させようとする回りくどい行動が、どうにも結びつかなかった。

八坂は部下である入院患者にも、奴隷である職員にたいしても、単独行動は許していなかった。サイコパスが心から誰かを信頼することはない。不安感のかたまりなので、誰のことも信用できないのだ。ところが三嶋元夫妻は、辺見はいつも一人で現れたと証言している。

そして関係者への事情聴取によると、辺見が三嶋元夫妻と面会したとみられる日、同行していたのはどうやら美咲だったらしいことがわかった。辺見の計画を承知していないと、三嶋元夫妻に単独で接触させるようなことはしないだろう。いや、あるいは辺見を単独行動させていたのでなく、美咲も客を装って会合を見守っていたのかもしれない。

絵麻はためしに、美咲の写真を三嶋元夫妻に見せてみた。二人とも、見覚えがあるような気がすると答えはしたものの、いつどこで会ったと断言はできなかった。

「安心して。あなたが罪に問われることはないし、私にもそのつもりはない」

「なんの話ですか」

美咲は小首をかしげた。しかし頬に手を触れるなだめ行動と、目を伏せるマイクロジェスチャーを伴っている。

おそらく三嶋元夫妻に八坂の命を狙わせるという計画は、美咲の発案だ。辺見は美咲に利用されていたに過ぎない。もっとも、辺見自身は自分の意思で行動していると錯覚していたかもしれないが。

美咲にとって、辺見は捨て駒に過ぎなかったろう。いずれ計画が露見して、八坂によって粛清されるのも目に見えていた。辺見の死の原因は、美咲が作ったも同然だ。だが美咲を罪に問うことはできない。実際に辺見を殺したのは、まぎれもなく八坂だ。美咲が八坂に殺人を教唆したような事実もない。

そもそも美咲を罪に問うことができたとして、それが正しいのかも、絵麻にはわからなかった。美咲は過酷な環境で、生き残るすべを模索したに過ぎない。辺見を利用した計画によって思惑通りに警察の注意を引くことができたものの、警察は真相に辿り着くことすらできずに事件の幕引きを図った。だから自らが行動して、西野に接触した。

しばらく見つめ合った後、ふいに美咲がいった。

「楯岡さん……正義って、なんですか。法律が決めたことって、本当に正しいんですか」

絵麻は絶句した。

すると美咲はふっと微笑み、小さく首を折った。

「そろそろ、失礼しますね……」

「え、ええ。向こうに行っても、お元気で」

後ろ姿が遠ざかり、階段に消える。

美咲の足音が聞こえなくなるまで待って、絵麻は歩き出した。

初出

第一話　目は口以上にモノをいう　『このミステリーがすごい！』大賞作家書き下ろしBOOK vol.6』二〇一四年八月

第二話　狂おしいほどEYEしてる　『このミステリーがすごい！』大賞作家書き下ろしBOOK vol.7』二〇一四年十一月

第三話　ペテン師のポリフォニー　『このミステリーがすごい！』大賞作家書き下ろしBOOK vol.8』二〇一五年二月

第四話　火のないところに煙を立てろ　書き下ろし

この物語はフィクションです。もし同一の名称があった場合も、実在する人物、団体等とは一切関係ありません。

宝島社
文庫

インサイド・フェイス　行動心理捜査官・楯岡絵麻

(いんさいど・ふぇいす　こうどうしんりそうさかん・たておかえま)

2015年4月18日　第1刷発行

著　者　佐藤青南
発行人　蓮見清一
発行所　株式会社 宝島社
〒102-8388　東京都千代田区一番町25番地
電話：営業 03(3234)4621／編集 03(3239)0599
http://tkj.jp
振替：00170-1-170829（株）宝島社
印刷・製本　中央精版印刷株式会社

ISBN 978-4-8002-3979-2

『このミステリーがすごい!』大賞 シリーズ

ニャームズ

仕事に全力な“消防女子”が
大火災に立ち向かう!

横浜市消防局湊消防署で唯一の女性消防士の高柳蘭は、ある日、毎日確認しているはずの空気呼吸器の空気残量が不足していることに気づく。そこへ辞職を迫る脅迫状まで届き、蘭は同僚の犯行を訝り、疑心暗鬼に陥ってしまう……。

定価: 本体648円 ＋税

『このミステリーがすごい!』大賞は、宝島社の主催する文学賞です。(登録第4300532号)

好評発売中!